紅樓教育學

紈褲子弟與千金小姐的一天

學霸之爭×戀愛學分×家庭氛圍
從讀書考試到心理研究，
透過經典文學看那些「病態」的教育現象！

匡雙林 著

假如穿越到紅樓教授國文，誰最有資格做你的「小老師」？
怎麼樣的孩子算「德智體群美」兼備？連黛玉寶釵都淘汰！
不只是丫鬟和好姐妹，還應該搬個「諮商師」頭銜給紫鵑？

作詩、對聯、繪畫、思辨……大觀園學堂開課啦!
怡紅公子賈寶玉、瀟湘妃子林黛玉、蘅蕪君薛寶釵……
大家各憑本事，在眾多領域中大放光彩!

背後是什麼樣的環境和教育，造就了每個人的才情發展？

目錄

《紅樓教育學》序

第一章：師生

第二章：課堂

第三章：家教

第四章：理念

後記：一生相伴有紅樓

《紅樓教育學》序

認識匡雙林有七八年了，那時他還是一名高中的國文老師，教課之餘保持著讀書的熱情，是個難得的讀書種子。後來我才知道他是學美術出身的，喜歡古典文學，熱愛寫作。

他在《教師博覽》上開的專欄，從《紅樓夢》出發談教育，我很早就留意到了，曾建議他將這個系列堅持寫下去，將來可以集結成書。每次見面，我幾乎都會問起這件事。前些日子，他告訴我疫情期間困在家中，已將這個系列整理出來，名為《紅樓教育學》，交給了出版社，希望我能寫幾句話。

《紅樓夢》是匡雙林從小就熟悉的，裡面浸透了他少年時的歡喜和快樂，沉澱著流走的那些時光。這本書可以看作是他與這部經典的對話，卻又不限於《紅樓夢》本身。幾年前，有人送我一本書，說的是《紅樓夢》中的經濟學，其實是從經濟的角度讀《紅樓夢》。雙林的這本書則是從教育的角度讀《紅樓夢》，他將自己爛熟於心的

《紅樓夢》與所從事的教育融合在一起。三十四篇文章談師生、談課堂、談家教、談理念，從《紅樓夢》的人物、情節中挖掘出一個個教育現象，卻又不拘泥於故事本身，而是由此生發開來，借助經典提供的人物、情境，了解正在發生中的教育現實，討論教育的得失利弊，涉及國文教育、美術教育、應試教育、家庭教育等不同方面。

每篇文章都不長，可讀性很強，更重要的是具有很強的現實意義。在華人普遍為教育問題焦慮不安的當下，身為一線教師，匡雙林感同身受，對於教育自然有許多自己的看法。恰好他又是多年沉浸在《紅樓夢》中的讀書人，所以他採取了如此獨特的方式，將困擾著千千萬萬家庭的教育問題放在《紅樓夢》的情境中展開討論，究其用心無非是想尋求可能的解決之道。哪怕他最終提供不了什麼答案，卻也足以啟發讀者，至少可以引發讀者對當下教育的進一步思考。

自「紅學」成為顯學，讀《紅樓夢》的人可謂多矣。以《紅樓夢》來談教育，匡雙林也並非第一個。三十多年前，我中學時代的國文老師滕萬林先生就寫過一篇文章〈曹雪芹的寫作教學法——以香菱學詩為例〉，從教、學、教學環境三個方面著眼談教學。其中，教的方面具體分析了教學的態度、教學的內容、教學的方法，強調了林黛玉教學方法最大的特點是讀寫結合，激發學生香菱的學習主動性和積極性。但無論讀還是寫，林黛玉都只是點撥誘導，不做繁瑣的講解，而是讓學生自己去鑽研，也不做精批細改，而是讓學生自己去改。

同樣是「香菱學詩」這個故事，匡雙林的視角、語言都與滕先生很不一樣，滕先生是一九三一年出生的，雙林是一九八五年出生的。

雙林將林黛玉教香菱寫詩作為「一堂詩歌公開課」來看。他將黛玉的這番話看作是詩歌教學的「總綱」：「什麼難事，也值得去學！不過是起承轉合，當中承轉是兩副對子，平聲對仄聲，虛的對實的，實的對虛的，若是果有了奇句，連平仄虛實不對都使得的。」

第二步，黛玉在香菱初步領悟的基礎上，進一步指出：「詞句究竟還是末事，第一立意要緊。若意趣真了，連詞句不用修飾，自是好的，這叫做『不以詞害意』。」

第三步是糾偏，匡雙林認為這是黛玉身為老師的本領。

第四步是開書單，從王維、杜甫到李白，都有具體的要求。這堂詩歌公開課為時很短，但課外的指點沒有就此結束，直到香菱寫出了「不但好，而且新巧有意趣」的

詩作。

這大致上可以代表匡雙林這本《紅樓教育學》的敘事風格，好處是輕鬆可讀，容易為一般讀者接受，但一些類比未必都恰當，比如稱林黛玉為「林老師」，對她能不能成為「優良教師」的議論之類。我不知道是不是因為這些文章先在《教師博覽》上發表，讀者對象幾乎都是教師，因此大量採用教師圈熟悉的一些說辭。

十八世紀法國啟蒙思想家盧梭在《愛彌兒》(*Emile: ou De l'education*) 第一卷中這樣說：

「我們生來是軟弱的，所以我們需要力量；我們生來是一無所有的，所以需要幫助；我們生來是愚昧的，所以需要判斷的能力。我們在出生的時候所沒有的東西，我們在長大的時候所需要的東西，全都要由教育賜予我們。

這種教育，我們或是受之於自然，或是受之於人，或是受之於事物。我們的才能和器官的內在的發展，是自然的教育；別人教我們如何利用這種發展，是人的教育；我們對影響我們的事物獲得良好的經驗，是事物的教育。」

歸根究柢，教育就是要給人力量，使人擺脫愚昧。匡雙林熟讀《紅樓夢》，借題發揮，正是因為他從少年時代起就從包括《紅樓夢》在內的經典中汲取了力量，他想將這種力量傳遞給更多的人。我相信教育無處不在，當你發現原來可以這樣讀《紅樓夢》，原來可以這樣談教育，你其實已經獲益，這也是一種教育。

傅國湧

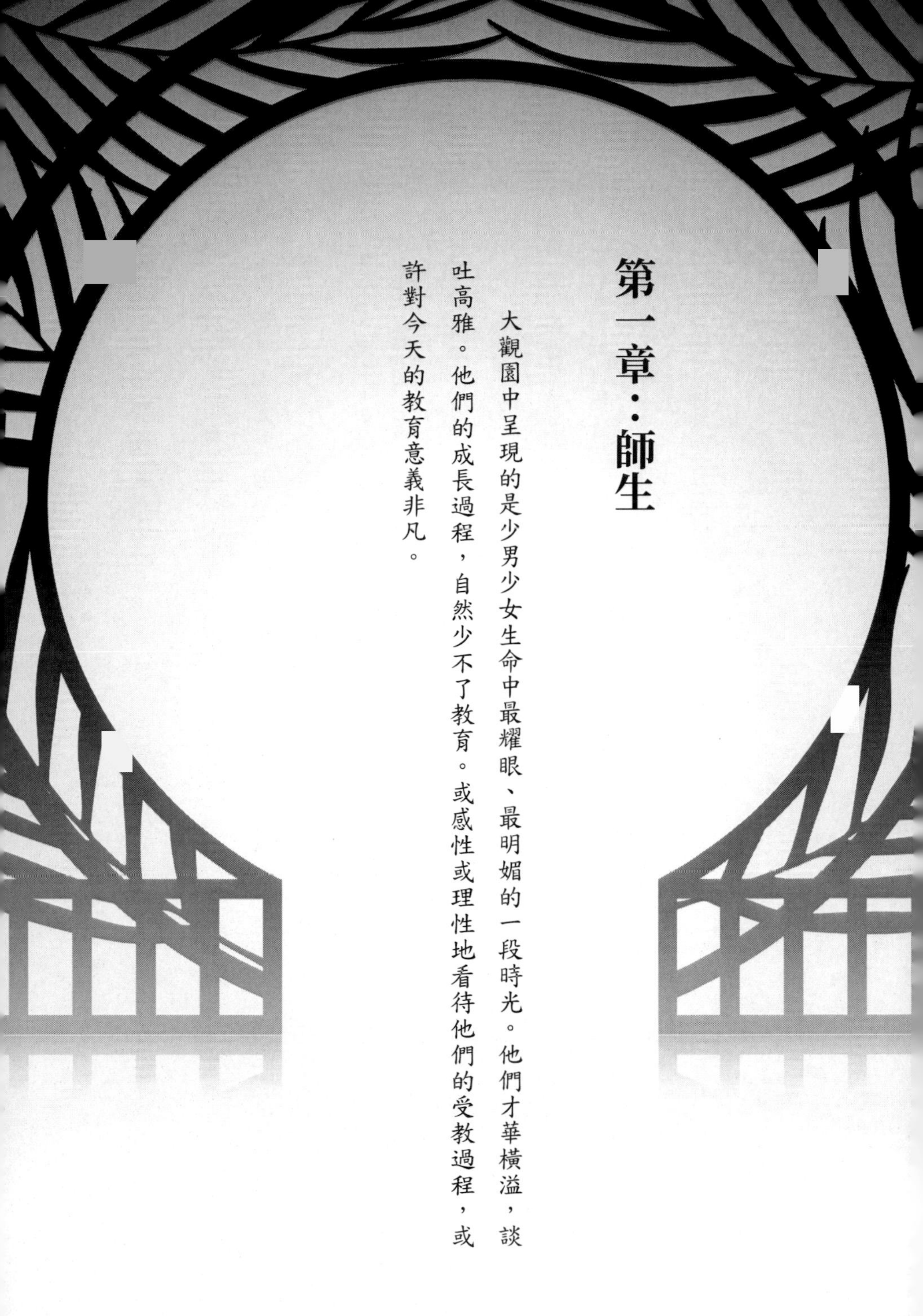

第一章：師生

大觀園中呈現的是少男少女生命中最耀眼、最明媚的一段時光。他們才華橫溢，談吐高雅。他們的成長過程，自然少不了教育。或感性或理性地看待他們的受教過程，或許對今天的教育意義非凡。

林黛玉的家庭教師

林黛玉是《紅樓夢》中的主要人物，也是有名的才女。她的教育經歷非常值得探究。

黛玉上學的年齡是五歲，相當於我們現在幼稚園中班的年紀。父親林如海是前科探花，是於千萬人中闖過獨木橋的成功人士。如果說他是學神或許會有爭議，但說他是考神則一點問題都沒有。他官拜蘭臺寺大夫，這個職位相當於都察院御史，同時，他又被皇帝欽點為巡鹽御史。母親賈敏是公侯之女。黛玉就出生在這樣一個典型的書香門第、官宦世家。她在家上學，請的是家庭教師。這樣的家庭教師非等閒之輩可以勝任！

高中進士的賈雨村託人得到了這一教席。

賈老師當然沒有教師資格證、電腦等級證書以及心理師證書，但是在那個時候，讀書人少，只要有點學問，似乎誰都可以做教師，也沒有哪個部門會來管你。話雖如此，同樣是教師，身價可能完全不同。

差不多與曹雪芹同時代的鄭板橋有一首〈教館詩〉：

教館本來是下流，傍人門戶度春秋。

半飢半飽清閒客，無鎖無枷自在囚。
課少父兄嫌懶惰，功多子弟結冤仇。
而今幸得青雲步，遮卻當年一半羞。

字裡行間訴盡私塾先生的辛酸與不易。其實鄭先生詩中最後一句很重要：「遮卻當年一半羞。」那是「當年」的事，是在沒有得「青雲步」之前的事；中了舉人，尤其是高中進士之後，就再也不會「羞」了。簡單點說，沒功名，從事教師這一行會比較難。就如同現在，沒個教師資格證，想要登上三尺講臺，也不是一件易事。但是，有了功名就大不一樣：秀才相當於縣轄市優良教師，舉人則是省轄市優良教師，進士是國家級名師，而翰林呢，那就非公卿貴族甚至是皇子做學生不可，不然就沒面子了。

賈雨村老師是正宗的進士出身，國家級名師。

小黛玉開學，按照她後來的同鄉、近代文化名人包笑天先生的說法，得有一個慣例。黛玉拜師，需要外祖父家出面。比如外祖父家來一個傭人，挑一個擔子，擔子一頭是小書箱，一部「四書」，一匣方塊字；另一頭，一盤定勝糕，一盤粽子。糕粽，寓意「高中」。粽子中，有一隻裹成四方形，名為印粽；還有兩隻裹成筆管形，名為筆粽，寓意「必中」。（包笑天《釧影樓回憶錄》）但是，由於小黛玉的外祖父家離得遠，再加上小黛玉是女孩子，又是官宦之後，出身書香之家，不需要上私塾，或者不屑上私塾，況且她也不打算高中狀元，所以這一套繁瑣的禮儀也就沒有了，只需要兩個丫鬟伴讀即可。

賈老師沒有教師資格證，那麼他的能力又如何？雖說他是國家級名師，但要一對一輔導，他能教好嗎？另外，他的教學實效又怎樣？

當然，他有能力。

首先，他的出身不一樣。在學問的累積上，家學淵源實在是重要得很。賈老師「原係湖州人氏，也是詩書仕宦之後」，文章好、書法好。當日寄居在葫蘆廟內的時候，他就曾「每日賣字作文為生」。能以賣字作文為生，這一點真讓人佩服得五體投地。比如我，就一直夢想著「賣字作文為生」，就是始終達成不了。想必他的潤筆稿費也不算太低，這都是自身素養禁得起嚴格的考驗的表現。一想到現在諸多國文老師幾乎從不動筆，在講臺上卻大講作文該如何寫，就讓人覺得滑稽可笑。

賈老師不僅文章好，寫詩也有一手，出口即詩。譬如中秋夜，想到在甄家見過的嬌杏，對月感懷，便口占五言一律。並且出口就是一副對聯：「玉在櫝中求善價，釵於奩內待時飛。」求善價、待時飛，抱負不淺啊！到甄家喝酒，也是「口占一絕」：「時逢三五便團圓，滿把晴光護玉欄。天上一輪才捧出，人間萬姓仰頭看。」很有宋太祖「未離海底千山黑，才到天中萬國明」的氣勢。

更重要的，賈老師是一個有識見的人。當冷子興斷言寶玉「將來色鬼無疑」的時候，賈老師發表了一段對大仁大惡的議論，並羅列了一大堆名人。「居然把『下賤』的薛濤、朝雲之流，和許由、陶潛那樣的高士，唐明皇、宋徽宗那樣的帝王，說成『易地則同』的人物，更不能不說是石破天驚之論。」「這是把對賈寶玉的評價，提到了歷史哲學的高度。」（舒蕪《紅樓說夢》）

除此之外，賈老師的人品也不錯。當年趕赴神京應試，甄士隱給了他五十兩銀子，本來僱個毛驢都不敢，現在，都可以坐高鐵的商務座了。高中之後，賈老師並沒有忘恩，送了甄士隱「兩封銀子」——那可是一千兩啊，翻了二十倍。可惜甄士隱出家了，據說是因為有一些「貪酷」，外加「恃才侮上」，被人參了一本。官場是非，又豈是我等說得清楚的？

不過，話說回來，能力好並不等於可以教得好。沈從文能寫，但他講課水準真的一般。章太炎學問一流，但他的話學生大多聽不懂。賈老師想要把課上好，至少得懂點教育心理學吧？

賈老師是否懂心理學，我們不知道。不過，教育學，他應該懂一點的。《論語》自然是背過的，《禮記．學記》自然是讀過的，至於大教育家朱子的文章，自然也是滾瓜爛熟的。關鍵還有一點，他有過做家教的經驗。

當日在金陵甄家，有個叛逆的角色叫甄寶玉，就是賈老師的學生。那是一位後進生，屬於比較難教的一類人物，最起碼沒有教到當時社會認可的標準。對賈老師來說，這可能算是一個失敗的例子，但是失敗也是一種經驗。

小黛玉上學一年，由於身體原因經常請假。這一年之中小黛玉讀過些什麼呢？書中第三回，賈母問黛玉念了何書，黛玉說：「只剛念了『四書』。」這算不算多？這個「念」字怎麼解釋？

黛玉自然沒有寒假、暑假，她上了一整年的學。不過，上文我們說過黛玉老請假，所以，她實際上學時間肯定沒有一年。她「只剛念了『四書』」，算多嗎？這『四書』，原文加起來才五萬多字；算上朱熹老師的注釋——允許我翻一下書，中華書局出版的《四書章句集注》，共計二十七萬字，除去附錄，大概二十五萬字吧。倘若只是簡單看完，不多。但「念」是「誦讀」的意思，甚至是「背誦」的意思，這個是當時的通例，真的很不簡單啊！

五歲開始上學的小黛玉，到了六歲，能背「四書」，總共花了一年時間。倘若加上朱熹老師的注釋，那就是二十多萬字。但她經常請假，我們不妨打個折：假如是八折，原文也有四萬字，加上朱熹老師的注釋，總字數還是有二十萬左右的。

另外，雖然請了國家級名師來授課，黛玉父親又是探花，極有可能偶爾參與授課內容的討論，確切地說是一定。進士去做家教，從來就不僅僅是家教這麼簡單，某種程度上，他還扮演著蘭臺寺御史和巡鹽御史的參謀，至少是清客。尤其值得注意的是，賈老師一定給小黛玉特別待遇，也就是選修課，或者是根據林爸爸和小黛玉的需求，提供訂單式教育。比如詩歌，從「花謝花飛花滿天，紅消香斷有誰憐」可以得知；在第三十七回〈蘅蕪苑夜擬菊花題〉中，黛玉見眾人都交卷了，冷冷地說一句：「你們都有了？」說著，「提筆一揮而就」；還可以從「偷來梨蕊三分白，借得梅花一縷魂」、「寒塘渡鶴影，冷月葬詩魂」的妙句中得知，賈老師完全有可能實行了訂單式教育，或是提供特別待遇與選修課。

黛玉的詩情，除了家學淵源深厚、自身基因強大外，賈老師也應該有一份功勞。唯一可惜的是這位學生到了外祖母家之後，幾乎從來沒有提過這位自己當年的老師，至於原因，恐怕就難以猜測了。

請進士來做家教，稱得上是貴族教育、博雅教育。

說到貴族教育，不能不提小黛玉的一位前輩。在和黛玉同樣的年齡裡，這位前輩享受的教育比黛玉更貴族化。他父親為了培養他的人文主義，建構他的精神家園，找到了通往這個精神家園的鑰匙——拉丁語，並請來絲毫不懂法語的德國學者教授拉丁語，還僱用了兩名學問一點也不差的幫手幫助他，並且，全家人——父親、母親、僕人、雇工，全部學習拉丁語。早上，「為了避免強行把孩子從睡夢中喚醒造成對孩子嬌嫩大腦的傷害」，藝術家在床邊用吹笛子、拉小提琴的方式，把他從夢中喚醒。這位少年叫米歇爾·德·蒙田（Michel de Montaigne），就是那個寫《隨筆集》的蒙田。

只是小黛玉的訂單式教育，還停留在附庸風雅之上，她後來的詩歌才華根本就不是教育的初始目的，或者說那些詩歌只不過是教育的偶然結果。跟蒙田的「培養人文主義和建構精神家園」相比，還是很有差距的。我想，這種教育導致的差距不僅存在於個人之間，也存在於國與國之間。

學神林黛玉

林黛玉成為學神，占盡了天時、地利與人和。

先說天時。

黛玉五歲時就有國家級名師賈雨村對其進行一對一輔導，並實行訂單式教育。尤其重要的是林黛玉家學淵源深厚。父親林如海是前科探花，算得上是響噹噹的讀書種子——「雖係鐘鼎之家，卻也是書香門第」，林家藏書想必自是不少。現在流行一種說法，教育就是靠爸靠媽。不難想見，在那個書籍難得一見的年代裡，黛玉卻從小就耳濡目染，沉浸在書籍當中。因此，相比同齡人，她的教育起點就高。當然也有一些後天因素，黛玉自幼缺少母愛，性格敏感。後來到了外祖母家，閒暇時間多，不用考慮吃穿住用。人一間，心思細膩，加上敏感，愁也便多了——這也是寫作詩詞所必須具備的一個很關鍵的要素。

再說地利。

姑蘇是林黛玉的老家。古人說，南方的才子北方的將，黃土高原埋皇上。南方才子多出蘇杭，姑蘇向來就有「文物禮教之邦」的美譽。「在古代長達一千三百多年的科舉中，蘇州出了近三千名進士，五十名文武狀元，官至宰相者十人。」（李嘉球《蘇州科舉那些趣事》）。值得說道的還有蘇州的高等教育書院多。和林黛玉差不多同時代的，就有赫赫有名的紫陽書院，當時的皇帝愛新覺羅．弘曆就曾六下江南、六到蘇州、六臨紫陽書院，並對紫陽書院表達了最深切的關懷。

也許有人會說，黛玉生在揚州啊，不是蘇州！好吧，「天下三分明月，二分獨照揚州」的唐朝雖然過去了，但揚州的文教依舊一流。「江寧布政使所屬各府之文化，以揚州稱首。」「揚州之書院，與江寧省會相頡頏。其著者，有安定、梅花、廣陵三書院。」（柳詒徵《柳詒徵文集》）生在哪裡雖然不是最重要的，但也不是不重要。比如，生在大都市的孩子和生在窮鄉僻壤裡的孩子會一樣嗎？在黛玉的時代裡，不存在所謂的教育公平，書院對當地發揮的文教作用更是不言而喻了。

再說人和。

先說自家基因。父親是探花，母親是書香門第之後。在賈母眼裡，「獨疼你母」，賈敏的乖巧和聰慧也是可以推測的。賈敏是讀過書的。贊同不做「睜眼瞎」的賈母，對唯一的女兒怎麼可能不支持她讀書呢？黛玉的出身，說明基因是相當重要的。外加自己「聰明清秀」，記憶力極好——讀完《西廂記》，對寶玉說：「你說你會過目成誦，難道我就不能一目十行嗎？」悟性極高，已是不凡。雖然缺少父愛母愛，到了外祖母家，表姐妹們個個都是人中龍鳳，作個詩，寫個字，畫個畫什麼的，薰也薰出幾分文藝氣質。

黛玉的外在條件具備了成為學神的可能性，但關鍵還在內因。黛玉出自單親家庭，性格敏感，缺父愛、少母愛，外婆家那麼好的條件，她還說「一年三百六十日，風刀霜劍嚴相逼」。實事求是地說，這句話有些誇張。但性格上的敏感多少造就了她對語言文字的敏感。

當然，天下所有的學神都有著共同的特點：其一是天賦，或者說基因、悟性。其二是勤奮。舉一個例子，第八十五回，襲人來瀟湘館看黛玉，黛玉早上剛剛起來，洗漱完畢，就開始讀書了。襲人還說：「怨不得姑娘勞神，起來就看書。」回看眼下，多少美女的早晨，冬天獻給了被窩，夏天獻給了網購與韓劇？其三是自學能力。黛玉的學歷，確切地說是幼稚園吧？五歲上學，期間還老請假，但林黛玉好學。第八十六回，連「雜學旁收」的寶玉都不認得琴譜，而黛玉雖然自認為「不弄了，就沒有了」，她曾在揚州學過，儘管學的時間不夠長，但對於琴譜，「一說便可以知道的」。

林黛玉國文好，還有一個重要的原因：談戀愛。談戀愛和國文成績好有關係嗎？有的。海明威說：「在任何沒有他人干涉或是打擾的時候，人都能好好寫作……但戀愛中的人肯定寫得最好。」我想，這可能是戀愛中人更敏感、更細膩，也更多愁。確切地說，是痛苦，越是痛苦而不可得，越容易催生出想像。憤怒不一定出詩人，但痛苦卻是能催生出詩人。林黛玉的愁可不是一般的多。亡國之君的李煜思故國、想江山、慨人生，愁是「一江春水向東流」；而在黛玉那裡，愁簡直就是汪洋大海，浩浩蕩蕩，無邊無際。我在教書的過程中，發現談戀愛的學生特別痴迷寫日記，一腔心事全付與文字。黛玉可不就是這樣的嗎？臨到愁湧，那詩稿，一把一把往火盆裡丟。讀到這裡，我常常眼含熱淚。不僅為黛玉的詩稿感到可惜——那可都是對她的意中人說不盡的相思、道不完的牽念啊！更是對即將逝去的生命與青春的痛悼。

說完了黛玉身為學神的條件，再看看她身為學神的表現吧。

寶玉大姐元春從皇宮回來探親，要大家寫詩。寶玉要作四律，「大費神思」的時刻，黛玉操刀代筆，「低頭一想，早已吟成一律」。這詩當然很一般，顯然不如她那些寫「愁」的詩，但這速度算得上神速吧？

秋爽齋結詩社，歌詠白海棠，是現場的詩歌大賽。有評審，要求高，限題目。參賽的同學接過紙筆之後，「便都悄然各自思索起來。獨黛玉或撫梧桐，或看秋色，或又和丫鬟們嘲笑」。寶玉呢？「背著手，在迴廊上踱來踱去」。看看黛玉同學這從容瀟灑的氣度，這份自信的冷靜。待大家都好了之後，問一句：「你們都有了？」「說著，提筆一揮而就，擲與眾人。」活脫脫一副學神的樣子。幸好參賽選手不多，不然，說不定會招來多少羨慕嫉妒恨呢！

菊花詩賽事上，黛玉也是如此發揮。十二首詩歌，獨她和湘雲各占三首，並繼續保持著令他人望塵莫及的速度。並且，李紈評審發話：「〈詠菊〉第一，〈問菊〉第二，

〈菊夢〉第三，題目新，詩也新，立意更新。」這三首詩歌的作者全是林黛玉。也就是說，黛玉一人包攬了前三名。

黛玉不僅善作七律，作歌行體也是一把好手。一篇〈桃花行〉，其中有這麼幾句：

若將人淚比桃花，淚自長流花自媚。
淚眼觀花淚易乾，淚乾春盡花憔悴。
憔悴花遮憔悴人，花飛人倦易黃昏。
一聲杜宇春歸盡，寂寞簾櫳空月痕。

這些詩句，寶玉「看了並不稱讚，卻滾下淚來」。把哀音寫得恰到好處，委婉含蓄而又不失分寸。

在填詞方面，黛玉也是高手。她的一曲〈唐多令〉：

粉墮百花洲，香殘燕子樓。一團團逐對成毬。飄泊亦如人命薄，空繾綣，說風流。
草木也知愁，韶華竟白頭！嘆今生誰捨誰收？嫁與東風春不管，憑爾去，忍淹留。

這是我年少時期記住的《紅樓夢》中的第二首詩詞（第一首是一句「寒塘渡鶴影，冷月葬詩魂」），它出現在我的國文教材裡。這樣的詩詞，只需看一遍，就會自己鑽到心窩裡來。

林黛玉身為學神，再厲害也只在大觀園裡。對於這一點，林學神有著自知之明：「誰不是頑？難道我們是認真作詩？若說我們認真成了詩，出了這個園子，把人的牙還笑倒了呢。」黛玉的詩放在外面又是怎樣的呢？

寶玉接過黛玉的話說：「前日我在外頭和相公們商議畫，他們聽見咱們成立詩社，誰不真心嘆服？他們都抄了刻去了。」

當時的社會賢達或讀書人都是「抄了刻去」，這是一種出版的意識，說明社會對大觀園內女子們的作品是高度認同的，這些作品已經達到了相當高的水準。實際情況是幾百年之後的今天，這些作品依然打動著我們。

不務「專」業的國文學霸

我有一個朋友，喜歡在數學課上睡覺，但數學永遠是第一名，恨得我這種數學白痴牙癢癢的，卻一點法子也沒有；數學課睡完之後呢，又在化學課上拿一個礦泉水瓶，裝進自己的尿，研究其中到底是什麼成分；搗亂完之後，一頭栽進金庸的武俠世界裡，吃飯的時候，左手武俠小說，右手扒拉著飯。最後，他進了全國最好的大學。

這位學霸倒不是不務正業，他只是不務「專」業。

不務「專」業與學霸連繫在一起，貌似有點衝突。但在國文學習上，這樣的例子還是很多的。

比如，賈寶玉就是一個典型。

第三回，王夫人向黛玉說起寶玉，書中寫道：「黛玉亦常聽得母親說過，二舅母生的有個表兄，乃銜玉而誕，頑劣異常，極惡讀書。」這八個字，是賈敏也就是黛玉的母親給姪子下的評論。事實真的是這樣嗎？

殊不知，寶玉啟蒙得很早呢！他的啟蒙老師就是他的大姐元妃。

「寶玉未入學堂之先，三四歲時，已得賈妃手引口傳，教授了幾本書，數千字在腹內。」（第十七回至十八回）寶玉怎麼會不讀書呢？他比一般孩子都要讀得早。

寶黛初會，寶玉就引經據典了一番：「《古今人物通考》上說：『西方有石名黛，可代畫眉之墨。』」探春笑道：「只恐又是你的杜撰。」寶玉笑道：「除了『四書』外，杜撰的太多，偏只我是杜撰不成？」這一句有意思，貌似他讀過「四書」了，並且，也讀過一些「杜撰」的書。

那麼寶玉厭惡讀什麼書呢？他厭惡的是教材而已，說白了，就是「四書」。但是，這並不表示他不讀「四書」，「『學』、『庸』、『二論』是帶注背得出的」（第七十三回）。《孟子》也算是半生半熟吧。除了教材之外，他也讀古文。《左傳》、《公羊傳》、《穀梁傳》以及漢唐等文，「雖閒時也曾遍閱」，只是「隨看隨忘，未曾下苦功」而已。（第七十三回）

至於不愛讀的書，老爹要考他時他就傻住。不過，有經驗的國文老師一定見過，國文課上不聽講偷看抽屜裡的課外書的「壞小子」，成績未必差。

「命四兒剪燈烹茶，自己看了一回《南華經》。」寶玉哪裡沒有讀書嘛？不僅在看，而且「意趣洋洋，趁著酒興，不禁提筆就續」。（第二十一回）

第二十三回，寶玉早飯後，來到沁芳閘橋邊桃花底下一塊石上坐著，展開《會真記》，從頭細玩。讀到「落紅成陣」，只見一陣風過，把樹頭上桃花吹下一大半來，落的滿身滿書滿地皆是。讀書叫做「細玩」，再看挑選的環境，如此清雅，真是適合讀《會真記》，也就是《西廂記》。這樣讀書的學生怎麼會是「頑劣異常」呢？

此時，正好黛玉葬花回來，見被逮了個正著，寶玉慌忙說自己的書是《大學》、《中庸》。可這怎麼能騙得過冰雪聰明的黛玉呢？於是寶玉對《西廂記》做了一番評價：「真真這是好書！你要看了，連飯也不想吃呢。」這句評價說明他對這本書已經痴迷到了極點。朱熹老師也曾說過讀書「使飢忘食，渴忘飲」。自然，《西廂記》這本書就到了國文學神林黛玉手上：「從頭看去，越看越愛看，不到一頓飯工夫，將十六齣俱已看完，自覺辭藻警人，餘香滿口。雖看完了書，卻只管出神，心內還默默記誦。」

在寶玉那嚴厲的父親眼裡，除了「四書」，其他幾乎都不算書。「什麼《詩經》古文，一概不用虛應故事」，連《詩經》他都看不上。但是，對兒子對對子一事，他卻並非全然反對。第十七回，賈政逮著寶玉逛即將竣工的省親別墅，寶玉這下可是出盡了風頭，而且還是現場作文。

這位學霸不僅讀當時的禁書，玩對子，還是一個雜家。

第七十八回中寫道：「那寶玉雖不算是個讀書人，虧他天性聰敏，且素喜好些雜書。」

第八回，在薛姨媽處飲酒。寶釵嘲笑道：「寶兄弟，虧你每日家雜學旁收的，難道就不知道酒性最熱，若熱吃下去，發散的就快；若冷吃下去，便凝結在內，以五臟去暖他，豈不受害？」好一個「雜學旁收」！說明賈寶玉同學不是一個一心唯讀聖賢書的人。舉一個寶玉「雜學旁收」的例子吧。

第二十八回，王夫人問林黛玉用藥的情況，但記不起丸藥的名稱。寶玉說不是人參養榮丸，同時，還一口氣說出好幾個藥名來：八珍益母丸、左歸丸、右歸丸、麥味地黃丸……這些藥，出自明朝張景岳的《景岳全書》。一口氣說出幾個藥名，並且出自同一本書，這不能是胡說吧？雖然最後由另一位學神級別的寶釵猜出來是「天王補心丹」，但這也是寶玉「雜學旁收」的一個例證了。〈胡庸醫亂用虎狼藥〉裡的「虎狼藥」枳實、麻黃可是寶玉親自去掉的。王太醫第二次給晴雯診脈，寶玉也要過目方子。「已將疏散驅邪諸藥減去了，倒添了茯苓、地黃、當歸等益身養血之劑。」（第五十五回）

另外，寶玉所作的〈芙蓉女兒誄〉算是「雜學旁收」的代表了。「這篇祭文將學問、情感、文采熔為一爐，雖是『隨意所之，信筆而去』，卻挫千百年詩書典籍於筆端，醞釀時獨自思索，就決心師法〈大言〉、〈招魂〉、〈離騷〉、〈九辯〉、〈枯樹〉、〈問難〉、〈秋水〉、〈大人先生傳〉等，直接面對屈原、宋玉、庾信、莊子、東方朔、揚雄、阮籍等先人先師的智慧。行文之中又涉獵《山海經》、《詩經》、《尚書》、《禮記》、《楚辭》、《南華經》、《淮南子》、《史記》、《述異記》、《漢書》、《西京雜記》、《晉書》、《舊唐書》、《樂府詩集》、《世說新語》、《處州府志》、《廣博物志》、《太平廣記》、《太平御覽》、《續窈聞記》、《鈞天樂》等經典書籍中的史實、故事、知識等。寶玉身為詩人，不是只會抒情只會詠嘆的詩人，而是通古今閱千典的詩人。」（劉再復《紅樓人三十種解讀》）

第四十八回，說到詩社的事情，寶玉說「前日我在外頭和相公們商議畫」。畫畫，他也不算外行啊！

書法呢？寶玉也應該稱得上是一個高手。第八回，賈府一批下人，戴良、吳新登、錢華等人偶遇賈寶玉，向他討要斗方：「字法越發好了，多早晚兒賞我們幾張貼貼。」

寶玉問他們在哪裡見過，他們回答說：「好幾處都有，都稱讚得了不得，還和我們尋呢。」在同一回，賈寶玉寫了「絳芸軒」三字，請黛玉看，黛玉的評價是：「個個都好。怎麼寫得這麼好了？明兒也與我寫一個匾。」好幾處都有，說明多；稱讚，說明寫得不錯。即便下人們的話裡有溜鬚拍馬的成分，但你什麼時候見過黛玉恭維人？

寶玉同學的書法著實下過功夫。

在第七十回裡，襲人勸寶玉收心，怕賈政來檢查他的家庭作業。說到書法，寶玉說：「我時常也有寫得好些，難道就沒收著？」「明日開始，一天寫一百字才好。」第二天，「窗下研磨，恭楷臨帖」。

但賈寶玉同學用心不專，「四書」讀是讀了的，不過讀得不精。「最喜內幃廝混」的公子哥兒性情也讓他在一些場合有捉襟見肘的時候。

譬如他的大姐封了妃子後，從皇宮裡回來省親，把「紅香綠玉」改成「怡紅快綠」，賈寶玉同學偏跟自己名字中最後一字過不去，想好的「綠玉春猶卷」生生被學神寶釵逼回去了，只嚇得不斷「拭汗」。

還有一次現場詩歌比賽，寶玉也栽過跟頭。

秋爽齋詠海棠。探春寫完了，還改寫一回；寶釵有了，也在斟酌更好的；至於學神黛玉，那簡直就是「談笑間，檣櫓灰飛煙滅」的從容瀟灑；賈寶玉同學呢，「背著手，在迴廊上踱來踱去」，最後，被評審李紈評了個末等，這也算是他栽過的一個跟頭，誰叫上來比賽的都是高手呢！

國文學習的一個祕訣就是博覽群書，雜學旁收。教材有分別地讀一點，固然也不差，但總的來說，國文講的就是書海戰術。不務「專」業的寶玉同學為我們樹立了一個國文學習的榜樣，也為我們提供了一個借鑑。德智體美全面發展的好學生

賈蘭是個好孩子，乖學生。

他五歲就開始入學攻書，啟蒙得很早。現在，我們雖然可以三歲上幼稚園，但要上小學讀書，都要等到六歲或者七歲。林黛玉進賈府的時候已經五歲了。當時，賈母、邢夫人、王夫人等長輩都在現場恭候林大姑娘的到來。這裡有一個問題：三姐妹的出場為什麼比三位長輩還要晚呢？還有賈蘭，可以說是林黛玉的晚輩了，他為什麼沒有出現在現場呢？

這兩個問題的答案其實是一樣的：他們都上學去了。至於三姐妹，老太太直接說

「今日遠客才來，不必上學去了」，所以一叫就過來了。但賈蘭不同，他是男孩子，讀書以求取功名，這是他今後要走的路。所以，他不在場最可能的原因就是入學攻書去了。果然，黛玉一一拜訪賈府親戚，到了寡嫂李紈的房間，被告知賈蘭「今方五歲，已入學攻書」。

賈蘭的好和乖展現在愛讀書、愛體育、孝敬長輩上。

第七十五回，賈珍因居父喪，「每不得遊頑曠蕩，又不得觀優聞樂作遣。無聊之極，便生了個破悶之法。日間以習射為由，請了各世家弟兄及諸富貴親友來較射」。賈蘭也參與了這項活動。他之所以參與，不僅僅是因為熱愛運動，更重要的是他有這個愛好，或者說，他有這個基礎。

還在很早之前的第二十六回，寶玉出門，遇見兩隻小鹿箭也似的跑來，只見賈蘭在後面拿著一張小弓追了上來。寶玉對他說：「你又淘氣了，好好的射牠做什麼？」賈蘭笑道：「這會子不念書，閒著做什麼，所以演習演習騎射。」從這句話裡似乎看得出來，賈蘭讀書之餘總是將演習騎射作為一種放鬆的方式。據清朝評家的點評，此時的賈蘭已經十一歲，但他非常懂得適當休息。

這只是他的勤奮，勤奮的結果總是良好的。祖父賈政對他的評價是「腹中虛實，去寶玉不遠」。這絕對是很高的評價。因為其一，寶玉的年紀比他大。其二，寶玉雜學旁收，賈蘭呢，主要是讀「四書五經」。而這樣居然也能和寶玉較腹中虛實，只能說明他對教材讀得相當好。所以，「若論舉業一道，似高過寶玉，若論雜學，則遠不能及」。此評價也是對的，但我認為這沒有褒寶玉貶賈蘭的意思，舉業不是我們想得那麼壞。賈蘭在私塾裡就已經開始學作對聯了，寶玉說，「師父還誇他明兒一定大有出息呢」。但清朝舉業裡畢竟沒有作詩，所以，作詩自然和「空靈娟逸」的寶玉沒法比，也有點八股文的味道。可是，十三歲的賈蘭敢和兩位叔叔寶玉、賈環一起在爺爺面前作詩，且其中一位還以「雜學旁收」著稱，已經非常不錯了。在此之前，賈環、賈蘭叔侄也曾「當著多人皆作過幾首」。賈環呢，看了題，「遂自去思索」，寶玉還在「出神」，賈蘭就先有了。詩是這樣的：

姽嫿將軍林四娘，玉為肌骨鐵為腸。

捐軀自報恆王後，此日青州土亦香。

在場的大家是什麼反應呢？「眾幕賓看了，便皆大贊。」這大贊固然有討好賈政的意思。賈政自己也說：「稚子口角，也還難為他。」這還是笑著說的。賈政笑著誇自己的子姪，可不多見。實話說，這首詩出自十三歲的孩子之手，確實是「也還難為他」，至少這首詩看不出太多的八股味道。單這最後一句就讓我們想起了王維〈少年行〉中的那句「孰知不向邊庭苦，縱死猶聞俠骨香」。甚至可以說賈蘭這句比王維的更進一步，不僅俠骨香，連土也香。值得一說的是，此處各種脂本都寫作「土亦香」，到了程高本卻變成了「土尚香」。此一改，高下立判，原意是不但俠骨留香，連同埋她的塵土也是香的。「亦」改為「尚」，著眼點就在時間上的「此日」了。

在曾祖母的喪期，賈蘭不僅關心自己的母親，也留意「理書」。賈母去世之前對他說：「你母親是要孝順的」，他做到了。他對母親說：「媽媽睡罷，一天到晚人來客去的也乏了，歇歇罷。我這幾天總沒有摸摸書本兒，今兒爺爺叫我家裡睡，我喜歡的很，要理個一兩本書才好。」可見，他對讀書是發自內心的喜歡。

之前過元宵節的時候，大家都在一起賞燈猜謎，但是因為賈政沒有邀請，所以賈蘭就沒有過來。大家笑著說他「天生的牛心古怪」，固然是有點倔，但在大家族裡，這何嘗不是一種孝親知禮呢？試想，假如賈蘭來了，賈政一看，問：「你不讀書，怎麼來了？」賈蘭如何是好？畢竟，在那個時代，入學攻書的孩子並沒有法定的假日。

第九十四回，賈母帶著大家一起賞冬日開花的海棠，要求寶玉、賈環、賈蘭作詩。作出來之後，賈母雖說「不大懂詩，聽去倒是蘭兒的好，環兒作得不好」。說實話，這三首詩都不怎麼樣，尤其是寶玉的，哪裡還有「空靈娟秀」的半點味道？但值得說道的是，賈蘭寫完之後是「恭楷謄正」交給賈母的，其他人都沒有做到這一點，只有在為宮裡的娘娘猜出燈謎時才會「恭楷」。這也說明賈蘭在敬老遵禮方面做得很好，並且，他的書法應該也不錯。當然，這是任何一個參加科舉考試的人必須具備的基本功。

果然，他和叔叔寶玉一起參加鄉試，雖然不像先前祖父說的那樣舉業高於叔叔，但還是考了第一百三十名，這是難得的好成績。科舉的排名放到歷史的時空裡，固然並不重要。宋仁宗嘉祐二年那一榜，可謂是科舉史上最重要的一榜，因為主考官是歐陽脩，閱卷老師有梅堯臣，考生中有蘇軾、蘇轍，有曾鞏、曾布，有呂惠卿、章惇，還有程顥、張載，誰還記得那一榜的狀元是章衡、解元是竇卞、探花是羅愷？可是，如果你無法預估自己在歷史時空中的地位，那麼仍然得重視當下的排名。

賈蘭的排名到底怎麼樣呢？不妨看看歷史資料。雖然曹雪芹一直不肯說自己書中的故事是什麼年代的，但我們還是知道它發生在清代，並且主要是在乾隆年間。我們就不妨回顧一下乾隆年間的錄取情況吧。從順治到乾隆初，不同時期各省鄉試錄取額根據實際情況略有增減，依據文風之高下、人口之多寡、丁賦之輕重，各省考中的人數自然也就不一樣。順天最多，天子腳下嘛，共錄取了一百六十八名。（王道成《科舉史話》）這麼一看，賈蘭的排名不怎麼樣啊！

再看看參考的人數。乾隆九年曾規定直隸、江南等六個大省，地方送八十名考生，錄取一名；其他地區有六十名、五十名和四十名（貴州）的，也就是說錄取比例是八十比一，最好的是四十比一。但實際情況是，地方所送考生太多，錄取率則由原來設想的幾十分之一，變成了幾百分之一，萬人競爭百個名額的情況很常見。有人統計過，乾隆年間全國的生員數是五十多萬，每屆鄉試錄取的舉人只有一千多名，全國州縣一千六百多個，平均下來，一個縣四年才出一個舉人——考取舉人之難度可想而知，即便現在的公務員考試，也無法與之相比。

不妨再古今對比一下：北大、清華兩大校在湖廣，也就是現在的湖南、湖北兩省的每年招生計畫在三百人左右，而清代兩個省的舉人名額，湖北四十八人，湖南四十五人，加起來才九十三人。（潘劍冰《瘋狂的科學》）所以，別不拿賈蘭的一百三十名不當一回事。

看到這裡，我們就會明白范進中舉後為何會那麼瘋狂。賈府上下因為賈蘭中舉而興高采烈，王夫人也是「心下歡喜」，李紈呢，自然也是歡喜的，只是因為不見了寶玉，不敢喜形於色罷了。這麼一看，賈蘭真可謂是德智體美全面發展的好學生。

最好的國文課小老師

傍晚的紅樓讀書會結束之後，國文課小老師問我：「老師，如果在大觀園裡要你選一個人做你的小老師，你會選誰？」

我一下子愣住了。講真的，我從來沒有想過這個問題，而且國文課小老師問這個問題，好像有點「小心機」。我只好告訴她，老師得好好想想，下節課再回答妳。

想來想去，我對所謂的小老師並沒有什麼特殊的要求。小老師基本上不是我定的，要不是學生民主推選，就是學生主動自薦，或是由班導師任命。平時，小老師所做的事情也比較簡單，只需要稍微認真負責一點就能做好。不過遇到某些事情，諸如演講、辯論比賽之類的大型活動，就需要小老師的能力了。

那麼，我會在大觀園裡選誰做我的國文課小老師呢？

黛玉當然是響噹噹的國文學神，她的水準完全可以取代我去講詩歌欣賞課。但是，成績好未必就適合做小老師，做小老師是需要做雜事的，以她的性格會得罪不少同學，尤其會得罪像賈環、薛蟠這樣的「學渣」，誰要是沒交作業，她的刀子嘴就傷到誰；反過來，這位見到「風流婉轉」的黛玉就「酥倒在地」的薛蟠，會聯合賈環，時不時騷擾一下黛玉，從而讓黛玉動不動就流眼淚，會有處理不完的事。更要命的是，林黛玉「孤標傲世」，小老師的那些俗務哪裡會放在眼裡記在心上？雖然她是我最愛的「學生」，但她可能不會搭理我——她從賈雨村老師那裡「畢業」之後，就從來沒有提過這位老師。倘若說小時候記憶力差，不記得幼稚園老師尚在情理之中，那麼，賈雨村老師常常活動在賈府，黛玉卻從不提及，這就有點過分了吧？賈老師都是如此遭遇，當我這種俗人的小老師，黛玉又如何會稀罕？

那麼賈寶玉呢？寶玉雜學旁收，知識面廣，但是我掌控不住他。畢竟，寶玉同學太討厭教科書了，他壓根就不是坐在教室裡聽課的角色。升學考試的壓力會讓他崩潰的，連番的模擬考，我猜會把他折磨得發瘋。他哪裡適合做一名應試教育體制下的小老師呢？

妙玉就更不要說啦，目下無塵，單說暑假補課時黑壓壓的人群擠在教室裡，那彌漫開來的汗臭味立刻就能讓她飄然而去。沒有一所學校的飲水機能提供給她「去年蠲的雨水」，讓她用來泡香氣高爽、味道高淳的老君眉。她壓根就不會走進任何一間教室，更別提做什麼小老師了。

寶釵算是合適的，但畢竟是外來學生，戶籍不在此地，儘管她有進京選妃的資格，還有做京營節度使的舅舅和戶部員外郎的姨丈庇護，但是按照她的性格，催人交作業或者把沒能及時交作業的同學名單記錄下來並交給老師這樣得罪人的事情，她未必樂意做。雖然我樂意和雲丫頭打交道，這孩子大大咧咧、單純可愛，但她時不時要被她的嬸娘帶回去，因家庭原因曠課的可能性很大，這樣畢竟影響不好。

迎春太呆；惜春年紀太小，興趣又在畫畫上，不喜歡國文，要她做國文課小老師未免強人所難；元春忙於宮內之事，著實沒時間。

想來想去，只有兩個人最合適：李紈和探春。

李紈是響噹噹的「大姐大」，為人謹慎，做事也認真。雖然說「竟如槁木死灰一般」，實際上並不全然如此。選她做小老師，一是服眾，沒有太多的反對意見；二是她能幫我改作業，讓我有機會偷懶。比如第三十七回，結海棠社，幫著定約定，取筆名，雷厲風行；再比如第三十八回，評菊花詩：「等我從公評來，通篇看來，各有各人的警句。今日公評：『詠菊』第一，『問菊』第二，『菊夢』第三，題目新，詩意也新，立意更新，惱不得要推瀟湘妃子為魁了。」改完作業之後的李紈，無人不服。寶玉更是「喜的拍手」。統合能力強，批改作業精，平時又能服眾，這樣的國文課小老師哪裡找去？

但是，畢竟人家是孤兒寡母，真要坐在教室裡天天催交作業，批改作業，多少讓人為難。所以，小老師的上上人選只能是探春了。

確實，我喜歡探春，也喜歡她做我的小老師。正如在黛玉眼裡，探春是個「顧盼神飛，文采精華，見之忘俗」的女子。

我和她有相同的愛好：喜歡書畫。你看她的房間擺設就知道探春同學「素喜闊朗」，「當地放著一張花梨大理石大案，案上磊著各種名人法帖，並數十方寶硯，各色筆筒，筆海內插著的筆如樹林一般。那一邊設著斗大的一個汝窯花囊，插著滿滿的一囊水晶球兒的白菊。西牆上當中掛著一大幅米襄陽的〈煙雨圖〉，左右掛著一副對聯。乃是顏魯公墨跡，其詞云：煙霞閒骨格，泉石野生涯」。不僅毫無半點脂粉氣，還處處展現出大氣：案大，花瓶大，掛圖大，屋子也大。「各種名人法帖」，我也不缺；而米畫顏字，更是我的大愛。我們會有很多共同話題。所以，從主觀上說，我喜歡探春做我的小老師。

除此之外，探春同學具備了很好的能力。最能展現她能力的就是〈秋爽齋偶結海棠社〉一回，單看那結社的邀請信就令人大呼過癮。「風庭月榭，惜未宴集詩人；簾杏溪桃，或可醉飛吟盞。孰謂蓮社之雄才，獨許鬚眉；直以東山之雅會，讓余脂粉。」真忍不住要學金聖歎大叫一聲「可浮一大白」！誰說只有「漢書可下酒」？這可真是「樸而不俗，直而不拙」。我代為指導過好幾屆文學社，實話實說，很少有學生寫得出讓我滿意的徵稿啟事來。探春的這封書信，不但點子新，而且氣魄盛。若要辦個演講比賽、詩歌朗誦比賽、現場作文比賽什麼的，憑著她的文筆隨便寫個啟事，恐怕就能一呼百應；要是她代表班級參賽，即便在大觀園這樣高手如林的班級裡，也算得上是一把好手。所以，真要放在學校，哪裡只是小老師的才，文學社社長也不在話下。

果然，海棠社起來了。大家集思廣益，提出了很多建設性建議。李紈自薦掌壇，黛玉提議更改姐妹叔嫂的俗稱，迎春抽書限韻，便有了一次大觀園兒女們的現場作詩比賽。探春的速度還是第一。「一時探春便先有了。自提筆寫出，又改抹了一回，遞與迎春。」自薦掌壇的李紈，在寶玉心目中可是「雖不善作卻善看，又最公道，評閱優劣，我們都服的」，她在評價蘅蕪君寶釵含蓄渾厚、黛玉風流別致的同時，認為探春的也是「大家稱賞」的。還有「玉是精神難比潔，雪為肌骨易銷魂」、「高情不入時人眼，拍手憑他笑路旁」、「明歲秋風知再會，暫時分手莫相思」這樣的句子，讀來讓人豪氣填膺。三姑娘的文學才能雖難與薛、林相媲美，也算是高手，足可以讓諸多人服氣。

探春雖然「素日裡也最平和恬淡」、「言語和順，性情安靜」，但她還有「精細處不讓鳳姐」（第五十五回）的優點，比起其他人，更適合做事。她的精細與寶釵的「裝愚守拙」自是不同，與鳳姐鋒利之中滿含殺機有別，她是鋒利中更見嚴正（俗稱的「辱母抬婢」則是例證）。單說賈赦強娶鴛鴦一事，邢夫人來勸王熙鳳成全，王熙鳳先是一通義正詞嚴，奈何遇見愚蠢又剛愎自用的婆婆，只好圓滑應承，還給邢夫人戴上一頂「到底是太太有智謀，這是千妥萬妥的」的大帽子，簡直有點可惡。最後的結果是鴛鴦向賈母訴苦，老太太一頓臭罵，罵的卻是王夫人。在場的一批人，王夫人自己不敢辯，薛姨媽不好辯，薛寶釵不便辯，李紈、鳳姐、寶玉也是不敢辯，迎春老實，惜春太小，唯有探春，先是「陪笑」，再說：「這事與太太什麼相干？老太太想一想，也有大伯子要收屋裡人的人，小嬸子如何知道？」先陪笑，是態度，再說觀點和理由。理由可謂是「一劍封喉」。她要是寫辯駁性的議論文，恐有韓、柳之才。所以，才為王夫人贏得了賈母的道歉。一句話，化解了王夫人的委屈和眾人的尷尬。更重要的是，還消釋了賈母的怒火。這是很高的情商。所以脂硯齋說「探春看得透，說得出，辦得來，是有才幹者，故贈以『敏』字」。

在我看來，三姑娘探春是個雄才偉略的改革家、實作家，是英豪，是幹才。讓她在我的班級裡做事，確實委屈了她。不過，如果真要讓我選出一個小老師，她是最佳的。

如果我到大觀園裡去做班導師

在紅樓讀書會上，學生對我出了一個難題：「老師，如果你穿越到《紅樓夢》裡去做班導師，你會不會覺得很過癮？教他們肯定比教我們更有趣吧？」穿越劇看多了的孩子提出的問題，還真有意思。

當時沒有細想，後來才發現，到《紅樓夢》裡去做班導師，這事還真做不了！這個問題其實有兩種情況：第一，如果我穿越過去，會發現我做不了，因為能力有限，「四書五經」不會背，詩詞歌賦也基本上寫不好；第二，如果《紅樓夢》裡的那些孩子穿越過來，我會發現我不願意做，因為我現在所教的班級比《紅樓夢》裡的孩子更有趣。

還有一點不得不引起我們注意：《紅樓夢》裡單親家庭的孩子和孤兒太多！

當然，不是所有單親家庭的孩子都會有問題，我也並非歧視單親家庭的孩子。魯迅先生十五歲的時候，父親周伯宜就去世了，但他照樣成為一代文豪，他的兩個弟弟也在各自的領域裡成就不凡。胡適的父親在他只有五歲的時候就英年早逝，但胡適也照樣成為一名了不起的思想家。老舍先生也是從小隨母親一起長大的。夫妻每天一小吵、三天一大吵的家庭比單親家庭對孩子的成長更不利。可是，在《紅樓夢》裡，不光是存在著單親家庭的孩子，這樣的孩子還很多。多了，就會有問題，這應該是不爭的事實。

《紅樓夢》裡單親家庭的孩子或者孤兒到底有多少？我沒有做過統計，先從金陵十二釵說起吧。

林黛玉，書中剛剛說黛玉「方五歲」、「堪堪又是一載光陰，誰知女學生之母賈氏夫人一疾而終」，可見林黛玉成為單親孩子時，只有六歲。黛玉自從進了賈府，雖說還有父親，但其實也像個孤兒。何況她身為單親家庭的孩子，也只是做了三、四年而已。（周紹良《細說紅樓》）父親林如海死後，她就成為真正意義上的孤兒了。林黛玉尖酸敏感的性格是有目共睹的，周瑞家的領薛姨媽之命送宮花，最後一個給黛玉，黛玉問：「還是單送我一人的，還是別的姑娘們都有呢？」問這句話的，只有黛玉一人。當周瑞家的說出大家都有的時候，黛玉冷笑道：「我就知道，別人不挑剩下的也不給我。」她的性格不能說與她的家庭情況沒有半點關係。

薛寶釵，單親。她父親去世的時候，沒有說她多大。但是，書裡明確記錄的是兄妹進京的時候，薛蟠十五歲，寶釵十三歲。從性格上來說，她衣著淡雅，住處素淨，吃的是「冷香丸」，表明她的性格有一些偏冷——至少是外在偏冷，甚而在金釧投井的事情上，也表現出冷漠乃至冷酷。如果金釧和寶釵都是我的學生，面對金釧的死，寶釵的表現如此冷酷無情，那麼，即便她是學神級的人物，也太讓我寒心了。

「四春」之中，元春是貴妃，父母健在，有人疼有人敬，雖然被早早送到那「見不得人的去處」，但即便我穿越過去，她也做不了我的學生，因為已然在皇宮裡了。探春，父母健在，可也算得上半個單親。不認生母，只認嫡母。不過，探春的性格我倒是很喜歡。迎春和惜春，雖說名義上有嫡母，實際上也是單親，生母並不在，基本上跟隨祖母史太君長大。迎春性格懦弱，諢名「二木頭」，第七十三回〈懦小姐不問累金鳳〉中，奶媽將攢珠累絲金鳳拿去典作賭本，她不聞不問，但求息事寧人。惜春呢，抱定「不做狠心人，難得自了漢」，攆走自己的丫頭入畫，難怪尤氏說她是個「心冷口冷心狠意狠的人」，比薛寶釵有過之而無不及，小小年紀，就已看破紅塵。我有個偏見，看破紅塵的學生是最難教育的，因為其內心已失去了任何向上的動力。另外，惜春也是一個性格內向的學生，性格內向的學生需要重點照顧，她們心思過於細膩敏感，稍有不慎就會出現意想不到的問題。

寫到這裡，我腦海裡回想起一件事情來。記得初為人師的那一年，我在課堂上看見一個女學生，她低著頭，臉被頭髮全部遮住。我藉機讓她回答問題，她站起來後臉依舊看不到。於是我說：「能讓老師看到妳嗎？」她坐下，突然趴在桌子上號啕大哭起來。我束手無策，那是生平遭遇最尷尬的一堂國文課。我自己性格外向開朗，所以面對性格內向的學生不免處處小心。

秦可卿呢，她是秦業從育嬰堂抱養來的孩子，雖然不能說是孤兒，但也應該算是單親，書中沒有寫秦業尚有妻子在。

妙玉，父母雙亡，三四歲就帶髮修行，由精研先天神數的師傅帶她。眾人都評價她不合時宜、不容權勢，但是不得不說其潔癖令人討厭。她看不起劉姥姥這等以勞力維生之人，如果我去做她的班導師，定然也不被她放在眼裡。

史湘雲也是孤兒，但就性格來說，是十二釵中最健康的。剩下的幾個，李紈年紀太大，王熙鳳有家事要管，巧姐年齡又太小，即便穿越過去，她們幾位可能也不會坐在我的班級裡聽課。

至於金陵十二副釵中，香菱的命運更是坎坷不已。四歲時在元宵節因家奴霍啟看護不當而被拐走，養大後賣給馮淵，中途又被薛蟠搶走，已然記不起父母是誰了。尤二姐、尤三姐兩姐妹是繼母從前夫那裡帶來的女兒，與賈珍之妻尤氏雖有姐妹名分，實際上是異父異母，似近實遠。姐妹倆性格本是溫和的，但是二姐輕信了賈璉和王熙鳳，最後吞金自殺。三姐呢，因為版本區別，形象有所不同。脂本新校本是失足改過的淫奔女，程本和人文通行本裡則是冰清玉潔的貞烈女子。因坎坷而自殺的二姐和剛烈貞潔的三姐，雖同為自殺，其實性格大不一樣。對這兩個孩子，做老師的未免要多操心。寫到這裡，我想起吳非老師的那篇〈像太陽一樣升起的白旗〉，我也常常告誡學生，不管遇到什麼問題都不許自殺。在小說中，人物的自殺固然是藝術的需要，但是在現實生活中我卻無法接受自己學生的自殺。

李紋、李綺是李紈寡嬸的女兒，也是單親家庭的孩子；寶琴的父親也去世了。在這裡，單親家庭的孩子和孤兒出現了十幾個，可謂是一大堆了。當然，曹翁之所以這麼設計，也許是為了小說本身的需要，倘不這樣，很多女子就到不了大觀園這個青春共和國、審美共和國。

另外，私塾裡的那一幫孩子不僅孤兒多，問題學生也不少。書裡說「一龍生九種，九種各別」、「就有龍蛇混在，下流人物在內」，真是複雜啊！

薛蟠既是單親孩子，也是標準的富二代，「性情奢侈，言語傲慢，終日鬥雞走馬，遊山玩水」，使錢如土，弄性尚氣，還偶動龍陽之興，將生得嫵媚風流的香憐、玉愛哄上手，真做了「將不利於孺子之心」的事，人稱「呆霸王」。浮萍心性的薛蟠，今日愛東，明日愛西，橫行霸道。他又是一個時時刻刻曠課的角色，寡母疼他，老師們最後一招「叫家長」可能都不管用吧？可是這香憐、玉愛對薛蟠並非真心實意，只不過是圖他的吃穿銀錢。誰知道等「眉清目秀，粉面朱唇，身材俊俏，舉止風流」的秦鍾還有寶玉出現的時候，又不免「繾綣羨慕」，四處各坐，都八目勾留，「或設言托意，或詠桑寓柳，遙以心照」。最後秦鍾和香憐在後院「親嘴摸屁股」的醜事被金榮當場拿住，不僅如此，金榮還說秦鍾「素日和寶玉鬼鬼祟祟，今日他又去勾搭別人」。說實話，教書十年，我從未遇見過這樣的事情。假如我是他們的班導師，我根本就沒有任何經驗處理這樣的事情。王曉春老師的《問題學生診療手冊》中沒有將「偶動龍陽之興」的孩子算作問題學生，不知道是不是認為這樣的孩子需要專業心理師的干預？

賈瑞，私塾掌塾賈代儒老師的長孫，父母情況沒提，想必也是孤兒。祖父是私塾的管理者，誰承想他卻「最是個圖便宜沒行止的人，每在學中以公報私，勒索弟子們請他，後又附助著薛蟠，圖些銀錢酒肉」，對薛蟠呢，「一任薛蟠橫行霸道，他不但不去管約，反助紂為虐討好兒」。這恐怕也是一個問題學生吧？二十出頭，大學都還沒畢業，小小年紀居然動了調戲嫂子的念頭。平兒說他是「沒人倫的混帳東西」，的確是評價到位。

另外幾位，賈薔，「寧府中之正派玄孫，父母早亡，從小兒跟著賈珍過活，如今長了十六歲，比賈蓉生得還風流俊俏。」「雖然應名來上學，亦不過虛掩耳目而已。仍是鬥雞走狗，賞花玩柳。」恐怕也難逃問題學生的嫌疑。賈菌，「亦係榮國府近派的重孫，其母亦少寡。」「年紀雖小，志氣最大，極是淘氣不怕人的。」好好的寶玉，上課的時候都帶著四個小廝在身邊，茗煙、鋤藥、掃紅、墨雨。做老師的能受得了嗎？只聽說過國學大師章太炎講課的時候有四個學生分別負責端茶倒水、板書外加方言翻譯諸事，沒有聽過學生到私塾還帶著幾個小廝的。即便進入民國，在蔡元培上任前的北大，富家子弟多則提個鳥籠，跟著一個僕人而已。在鬧學堂的過程中，稍微懂事的是賈藍，看到賈菌動手，「忙按住硯，極口勸道：『好兄弟，不與咱們相干。』」如果坐在混合班級裡，這會是一個好學生。至於金榮，也是個孤兒，母親守寡，璜大奶奶的姪子，放著好好的書不讀，愣是把一件小事鬧大，導致自己的母親「貪利權受辱」。在尤氏眼裡，這些都是「扯是搬非，調三惑四」之人。除此之外，還有一個賈環，把他算作問題學生應該不會有太多人反對。

加上前面的，一個班級裡三十多個學生差不多有一半是單親家庭的孩子或者孤兒。

其他一些丫鬟，襲人我不喜歡，倒不是因為她過早和寶玉發生了關係，最可惡的是寶玉向黛玉表白未完，寶玉發呆，錯把送扇子的襲人當成黛玉繼續表白，而襲人居然向家長告了密。以我這種對班級學生在考場傳遞紙條只問其一不問其二的老師來說，就怕學生說出對方，會有出賣朋友的心理壓力，因此主觀上會對這樣的學生不喜歡。金釧又未免太剛烈，而晴雯的個性又太強，在小說裡都是很好的藝術角色，放在現實課堂裡，我還是希望金釧不要自殺。

除了這些原因，我還有一個擔憂：如果他們都穿越過來或者我穿越過去，我豈不是無法帶著我現在的學生讀《紅樓夢》了？這可絕對是一種偉大的樂趣啊！人生少此一樂，頓覺天暗雲濃。

我把這些意思說給了向我提問的這位學生聽，她反問我：「老師，學生有各式各樣的問題，做老師的不是更應該教育他們嗎？」是啊，這話說得有道理。在任何教育體制下，教師都沒有辦法把所有的學生都教好，尤其是學生的品德、習慣，要知道，家庭教育才是最重要的。更何況，這麼複雜的學生全都聚集在一起，教育的難度可想而知。但我的回答是：「所以啊，老師雖然不願意做，但這是主觀上的想法。如果他們真的都穿越過來了，恰好又坐在同一間教室裡，學校又任命我為這個班的班導師，我其實是沒有選擇的，正如你們沒有辦法選擇你們的國文老師一樣。」

賈老師其實是個好老師

賈府有一間家塾，老師是與賈母同一輩分的賈代儒老師。他是一個失敗的老師，也是一個失敗的家長，卻不是一個一無是處的師長。

賈老師登臺亮相的第一次在第八回：「乃當今之老儒。」但是，接下來的做法卻與前面「老儒」的叫法有點相悖。「君子喻於義，小人喻於利」，這是儒家聖人的教導。雖然聖人還說過「富而可求也，雖執鞭之士，吾亦為之」的話，但是，「那賈家上上下下都是一雙富貴眼睛，贄見禮必須豐厚，容易拿不出來」。這「上上下下」應該包括賈老師吧？這實在不應該是一個「老儒」所該有的做法啊！而且還「必須豐厚」，豐厚到什麼程度呢？新學生秦鍾「東拼西湊」、「恭恭敬敬」、「封了二十四兩」，比《儒林外史》中周進老師「每年館金十二兩」還多了一倍。別忘了，這還只是一位學生。

這學費太高，賈老師收得有點過了。

高到什麼程度呢？「如今趙姨娘、周姨娘的月例多少？」「那是定例，每人二兩。」（第三十六回）一個學生的學費生生抵她們一年的收入總和。張巨集傑的《頑疾》一書中記載：「清代早中晚白銀購買力變化很大，雍正初年，一兩白銀價值人民幣兩千元到三千元之間，到嘉慶之後，一兩白銀大約價值人民幣一千元。秦鍾封的二十四兩，一兩約等於人民幣兩千五百元，預估相當於人民幣一萬兩千元。這還沒算富二代薛蟠的呢。」（編按：人民幣一元約新臺幣四點五元）

貴族收費，而賈老師實行的卻是平民管理。管理效果如何呢？

第九回：「原來薛蟠自來王夫人處住後，便知有一家學，學中廣有青年子弟，不免偶動了龍陽之興，因此也假來上學讀書，不過是三日打魚，兩日晒網，白送些束脩禮物與賈代儒，卻不曾有一些進益，只圖結交些契弟。誰想這學內就有好幾個小學生，圖了薛蟠的銀錢穿吃，被他哄上手的，也不消多記。」是不是管中窺豹，可知一斑？此為管理失敗。

頑童鬧學堂，是管理失敗的惡果。鬧學堂的直接原因就是「可巧這日代儒有事，早已回家去了，只留下一句七言對聯，命學生對了，明日再來上書；將學中之事，老師又命賈瑞暫且管理」。教師有事，偶爾自習一節課，不算什麼大事，但委託班級幹部時，實在是看錯了人。

賈瑞是賈老師的孫子。「最是圖個便宜沒行止的人，每在學中以公報私，勒索子弟們請他。」賈瑞胡作非為，賈老師不明不白，居然不知，實在有損形象。最後，親孫子死在了自己的面前。

這兩件事，借用曹翁的話說，「不消多記」。賈府子弟一代不如一代，確實是因為他們不注重教育。賈代儒老師來管理這間私塾，未免能力不足。年紀過大，何以鎮住這群權貴子弟？況且在這些孩子眼裡，賈代儒老師的位置不過爾爾，「未必比賴大、林之孝等為高」。但是把賈府興衰榮辱的責任全推給他當然不公平，畢竟，賈老師也有做得不錯的地方。

第十七回至十八回，大觀園告竣，賈政逮著寶玉題聯題匾額。起因就是：「賈政近因聞得塾掌稱讚寶玉專能對對聯，雖不喜讀書，偏倒有些歪才情似的。」

這句話背後有文章。

首先，賈老師在家校聯合這一塊是做了些事情的。

他與寶玉的家長溝通寶玉在校的情況。在溝通過程中，賈代儒誇讚寶玉「專能對對聯」。可以想見，賈老師在說起愛徒專長的時候，一定是喜悅之情溢於言表的，賈老師是真心喜歡這個學生的。我們是不是可以推斷，如果其他學生也有特長，賈老師也會與他們的家長進行交流？

第八十回之後，賈老師更清晰地走向了前臺——雖然前後有一些變化，但大抵符合他一貫的做法。第八十一回，賈政把寶玉送到家塾，對賈老師說：「我今日自己送他來，因要求託一番。這孩子年紀也不小了，到底要學個成人的舉業，才是終身立身成名之事。如今他在家中只是和些孩子們混鬧，雖懂得幾句詩詞，也是胡謅亂道的；就是好了，也不過是風雲月露，與一生的正事毫無關涉。」家長明確提出了要求，可是賈老師的回覆卻是：「我看他相貌也還體面，靈性也還去得，為什麼不念書，只是心野貪玩。詩詞一道，不是學不得的，只要發達了以後，再學還不遲呢。」這句話當然表明了他的諸多立場，但從詩歌的角度看，其中的觀點是錯的，「發達了以後」學詩是學不好的。不過，賈老師不是在談詩，而是在談教育。身為一個普通的教師，不得不說他的說法是有道理的。身為高三教師的我，有時候也會把學生的大考放在第一位。我可能也會告訴學生踢足球、打籃球甚至寫詩之類的，「大考完以後再進行也不遲」。

第八十二回，被續作者稱為「老學究」的賈老師為寶玉講課。令人討厭的不是賈老師，而是前後不一致的寶玉以及與前文相反的父親賈政。

賈老師要學生講「後生可畏」，寶玉講了兩句停下來。賈老師笑了一笑道：「你只管說，講書是沒有什麼避忌的。《禮記》上說『臨文不諱』，只管說」。

賈老師雖然另有所指，但是憑藉這句話、這件事，我就可以斷定他比現在很多老師都要優秀。我不敢說賈老師有多少自由精神，但他至少在鼓勵學生大膽去說。我們的國文課往往培養「沉默的羔羊」，不得不說國文老師是有責任的。

一旦賈老師鼓勵寶玉講書，寶玉就果真放膽直言。說到「吾未見好德如好色者也」這句時，直說出「人欲就是天理」的意思來。賈老師說：「這也講的罷了。」接下來，是一片諄諄教誨：「做一個人，怎麼不望長進？你這會兒正是『後生可畏』的時候，『有聞』、『不足畏』全在你自己做去了。如今我限你一個月，把念過的舊書全要理清，再念一個月文章。以後我要出題目叫你作文章了。如若懈怠，我是斷乎不依的。自古道：『成人不自在，自在不成人』，你好生記著我的話。」

不要忘記，賈老師所在的家塾可不是現在的學校，沒有年齡分段，完全是「混搭」式教學，老師要根據學生的具體情況分頭授課。能坐下來與學生好好溝通，不用教鞭說話，真的難為他了。比起那些混日子甚至動輒體罰的老師，賈老師不知道要好到哪裡去。

說到這裡，我想起一個故事。

蕭公權先生在《問學諫往錄》中講到，學生讀書，老師犯睏，於是，學生趁機在老師的眼鏡上塗滿墨汁，然後大家高聲朗讀。老師驚醒，朦朧中戴上眼鏡，只見一片黑暗，說：「今天多睡了一會兒，天黑了，放學吧。」學生一哄而散。

賈老師絕沒有這樣出糗的時候。

第八十五回，賈政高升。寶玉到家塾見賈代儒，賈老師笑著說：「今日不必來了，放你一天假。可不許回園子裡玩去。你年紀不小了，雖不能辦事，也當跟著你大哥他們學學才是。」

這樣的老師多麼富有人性啊！

「學問中平」（賈政語）的賈老師，比「才學是有的」但「呆頭呆腦」的周進老師是不是要好一些？這位《儒林外史》中的私塾老師，越過有「龍門」之稱的貢院第三道門，就「眼睛裡一陣酸楚，長嘆一聲，一頭撞在號板上，直僵僵不省人事」，醒過來還放聲大哭，伏著號板哭個不停，甚至滿地打滾，哭得眾人都淒慘起來。

這樣的糗事賈老師也是沒有過的。

賈老師也許不如《牡丹亭》裡的陳最良那樣「醫卜地理，所事皆知」、「論《六經》，《詩經》最葩」，但賈老師沒有陳老師「閨門內許多風雅」的腐儒之見。賈老師，寫，比不過把一生才情都獻給曠世傑作《聊齋誌異》的蒲松齡老師；編，比不過吳楚材老師，這位老師編的《古文觀止》、《綱鑑易知錄》肯定能繼續流傳幾百年。但單就剛才這個細節而言，賈老師並不是一無是處的。

所以，別拿現今教師的要求去苛責賈老師，他只是在那個時代裡做了自己的事情。換了我，未必能做得和他一樣好呢。

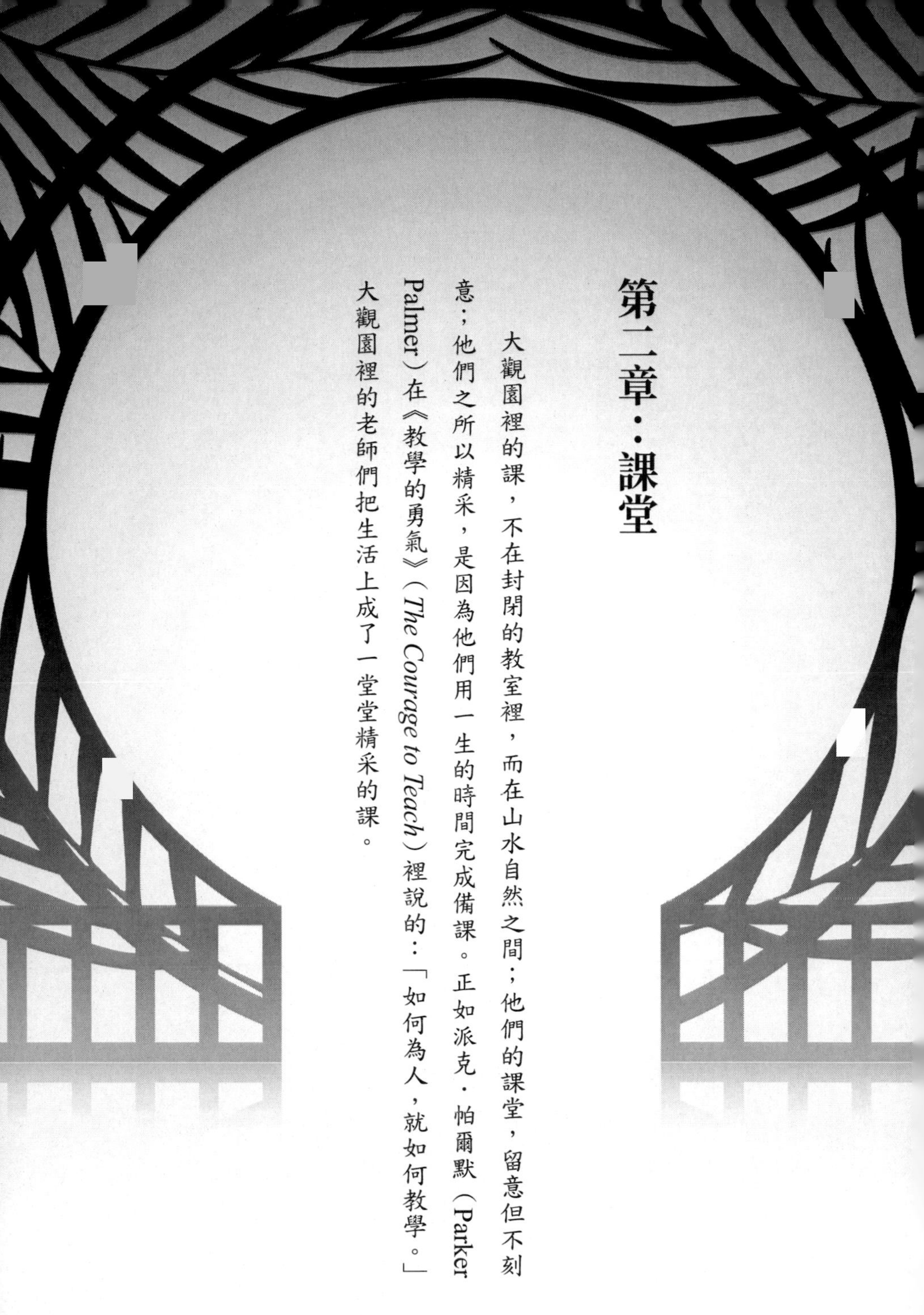

第二章：課堂

大觀園裡的課，不在封閉的教室裡，而在山水自然之間；他們的課堂，留意但不刻意；他們之所以精采，是因為他們用一生的時間完成備課。正如派克・帕爾默（Parker Palmer）在《教學的勇氣》（*The Courage to Teach*）裡說的：「如何為人，就如何教學。」

大觀園裡的老師們把生活上成了一堂堂精采的課。

林老師的詩歌公開課

戲演久了可以當導演，病生久了可以當醫生，學生做久了更是可以當老師。學神林黛玉轉眼間就成了國文界的優良教師。

林黛玉之所以能評上優良教師，主要是因為一堂公開課——教香菱寫詩。

我們不禁要問一個問題，林黛玉的教育經歷並不豐富，手裡頭也沒握著名牌大學中文系的文憑，當年教她的老師賈雨村倒有著響噹噹的國家級名師的頭銜，而林黛玉老師，頂多一年家教的經歷，論學歷，大概相當於如今的幼稚園大班。她靠的是自學成才，憑什麼就收起徒弟來了？她具備做教師的資格和素養嗎？

當然，有文憑的未必就具備做教師的素養，有教師資格證的未必就能教好書。

我們先看看在那個時代，做教師大抵需要一些什麼素養。

兩千多年前，有一位孔丘老師，除了一肚子學問外，並無其他證書、證件。辦了個私立學校，一個人做校長兼學務主任、教務主任和班導師，並且提出「學而不厭，誨人不倦」的觀點。於是，林黛玉老師就說：「聖人說『誨人不倦』，他又來問我，我豈有不說之理？」這算得上是林黛玉老師教學上的一大綱領。《易經》裡說：「童蒙求我，匪我求童蒙。」面對問上門來的學生，能教確實不應該推辭。我想這就是做教師的一項基本素養吧！

還有荀況荀老師，人稱荀子，是個教育大家，他對老師提出四點基本要求：尊嚴而憚，可以為師；耆艾而信，可以為師；誦說而不陵不犯，可以為師；知微而論，可以為師。（《荀子．致士》）意思是說：有尊嚴，讓學生敬服；有威信，有教學經驗；有系統、有條理，通曉教材；了解精微的理論而且能夠說清楚。這樣的人可以為師。

概括一下就是：師德，師才，師格。

德和才不須多說。師格，是人格力量。教師的人格魅力更多地表現為愛心、尊重和理解。韓愈說：「師者，傳道授業解惑也。」其實，比這三者更重要的是薰陶。而教師之所以能薰陶學生，靠的就是他自己的人格魅力。黛玉的成長，有著極好的家庭環境。現在香菱要學詩，也需要一個很好的環境來薰陶她。

看來，林老師除了教學經驗差一點，其餘的素養都具備了。至於教學經驗，總需要一個開始吧。賈雨村老師當年在金陵甄家一對一輔導甄寶玉的時候，不也失敗了嗎？教學經驗是累積起來的，更重要的還是學生的求學之心，如果學生有向學之意，那麼師生之間的教學活動就會進行得更加順利。

既然林老師具備了教師所必需的素養，那麼我們看看她在這堂課之前，是如何了解學情的。

學生是甄香菱同學。她的姓，說不定連自己都不知道。「細想香菱之為人也，根基不讓迎探，容貌不讓鳳秦，端雅不讓紈釵，風流不讓湘黛，賢慧不讓襲平，所惜者幼年罹禍，命運乖蹇，致為側室。且曾讀書，不能與林湘輩並馳於海棠之社耳。然此一人豈可不入園哉。故欲令入園，終無可入之隙，籌劃再四，欲令入園必呆兄遠行後方可。」脂硯齋的這段評論，讓我們多少了解了這個在元宵夜被人抱走的孩子，原來她也是書香人家出身啊，可命運的不公讓她淪落到如今的地步。當年她的父親甄士隱若在，必定對她寵愛有加，悉心教導。雖然時過境遷，但香菱同學骨子裡那股好學的熱情未曾泯滅，待喜新厭舊的丈夫離開身邊，隨即拜師學習寫詩。

「好姑娘，你趁著這個工夫，教給我作詩罷。」一股好學的勁兒活脫脫地從紙上走下來。真佩服曹雪芹的筆。可是，這話是對薛寶釵說的。寶釵固然也是學神，但是，她不是一個好老師，至少不是一個好的國文老師。她一上來就直接打消人家的積極性：「我說你『得隴望蜀』呢。」這可是話裡有話。第一，「得隴」的功勞是寶釵的，還沒感謝呢，居然就開始「望蜀」了。寶釵所謂的「得隴」，就是把香菱帶到大觀園裡來。「我知道你心裡羨慕這園子不是一日兩日了，只是沒個空兒。就每日來一趟，慌慌張張的，也沒趣兒。所以趁著機會，越性住上一年，我也多個作伴的，你也遂了心。」第二，寶釵多多少少有一點嫌其貪多的感覺，雖然看上去像一句玩笑話。寶釵不是一個好的國文老師，但她適合做人生導師。她立刻幫香菱出了一個主意：「從老太太起，各處各人你都瞧瞧，問候一聲兒，也不必特意告訴他們說搬進園來……回來進了園，再到各姑娘房裡走走。」為人處世她比林黛玉強得多，想得相當周到細緻。

在香菱學詩的整個過程中，寶釵自始至終都在打擊香菱：「這個人定要瘋了」、「學不成詩，還弄出病來呢」等話，都出自寶釵口中。我有時候想，師生是有緣分的，好學的學生如果遇見的是不好教的老師，那就很難有大的長進。同樣的道理，黛玉如果教的是薛蟠，定然也出不來香菱的結果。

香菱向林黛玉老師請教作詩，林老師說的與寶釵完全不同：「既要作詩，你就拜我作師。我雖不通，大略還教得起你。」字裡行間全然是自信——對學問的自信。每次讀到這裡，我都會感到李清照老師「詞別是一家，知之者少」裡的那種自豪與霸氣，也不由得想起當年在清華演講的梁啟超：「他走上講臺，打開他的講稿，眼光向下面一掃，然後是他的極簡短的開場白，一共只有兩句，頭一句是：『啟超沒有什麼學問——』，眼睛向上一翻，輕輕點一下頭：『可是也有一點嘍！』這樣謙遜同時又這樣自負的話是很難得聽到的。」

香菱聽到這裡，就要下跪拜師了。她的虔誠可想而知。接下來，林老師開始論述詩歌教學的「總綱」：「什麼難事，也值得去學！不過是起承轉合，當中承轉是兩副對子，平聲對仄聲，虛的對實的，實的對虛的，若是果有了奇句，連平仄虛實不對都使得的。」

幾句話把一件不算簡單的事情說得極其簡單。

教師，就要有化複雜為簡單的能力。初學之人，方不恐懼。

學生懂了嗎？懂了。香菱「天天疑惑」的問題，一下子變得很清楚，「原來這些格調規矩竟是末事，只要詞句新奇為上」。

課堂的第二步，是在學生領悟的基礎上，深挖一鋤頭：「第一立意要緊。若意趣真了，連詞句不用修飾，自是好的，這叫做『不以詞害意』。」

第三步，就是糾偏了，這可是古代賢師的品評標準之一。

子張，「魯之鄙家」；顏涿聚，「梁父之大盜」；段干木，「晉國之大駔」；高何、縣子石，「齊國之暴者」；索盧參，「東方之巨狡」。這些鄙俗小人、樑上君子、馬匹交易員、凶惡殘暴的人、偷雞摸狗者，分別在孔丘老師、子夏老師、墨子老師和禽滑釐老師的諄諄教誨之下，最終成為品行端正、道德高尚的君子。

所以，糾偏是老師的本領。香菱說愛讀陸放翁的「重簾不卷留香久，古硯微凹聚墨多」。林老師毫無商量地制止了香菱同學的這種喜好：「斷不可看這樣的詩……一入了這個格局，再也學不出來的。」糾偏，很徹底，很及時，也很有必要。為什麼不能學，她的理由是「你們因不知詩，所以見了這淺近的就愛，一入了這個格局，再學不出來的」。國學大師錢穆先生在〈我們如何讀古詩〉裡說得更加透澈：「放翁這兩句詩，對得很工整。其實則只是字面上的堆砌，而背後沒有人。若說它完全沒有人，也不盡然，到底該有個人在裡面。這個人，在書房裡燒了一爐香，簾子不掛起來，香就不出去了。

他在那裡寫字，或作詩，有很好的硯臺，磨了墨，還沒用。則是此詩背後原是有一人，但這人卻教什麼人來當都可，因此人並不見有特殊的意境與特殊的情趣。無意境，無情趣，也只是一俗人。盡有人買一件古玩，燒一爐香，自己以為很高雅，其實還是俗。因為在這環境中，換進別一個人來，不見有什麼不同，這就算做俗。高雅的人則不然，應有他一番特殊的情趣和意境。」林黛玉老師的鑑賞力是非凡的。

接下來，是第四步，開書單，提出讀書的要求。

書單，往往能見出一個人讀書水準的高低。現在有些人壓根就沒讀過幾本書，卻厚著臉皮開書單。

林老師的詩歌書單，不僅有水準，關鍵還是自己讀過的。

第一本是《王摩詰全集》，但不是全讀，而是有針對性地讀，唯讀「五言律一百首」。王維的詩歌成就主要在五言律詩方面。讀書的要求則是「細心揣摩透熟了」，林老師還不忘叮囑學生：「你只看有紅圈的都是我選的。」

第二本是老杜的七言律。老杜的七言律詩，自言有「沉鬱頓挫」之風格，是後世詩家極好的範本。但是，他的詩也不需要讀多，一兩百首就夠。

第三個要讀的是李白。只需要讀他的七言絕句。同樣，讀一兩百首就夠。

讀完這些，肚子裡就有了底子。對林老師開的這個書單，錢穆先生有一番評論：「黛玉所舉三人……恰巧代表了三種性格，也代表了三派學問。王摩詰是釋，是禪宗；李是道，是老莊；杜是儒，是孔孟。《紅樓夢》作者，或是抄襲王漁洋以摩詰為詩佛、太白為詩仙、杜甫為詩聖的說法，故特舉此三人。」林老師又說：「然後再把陶淵明、應瑒、謝、阮、庾、鮑等人的一看，你又是一個極聰敏伶俐的人，不用一年的工夫，不愁不是詩翁了！」看看林老師提到的這幾位詩人，都是詩歌史上繞不開的人物。陶淵明，詩歌史上的男神，連千年才一出的蘇軾都極其佩服他；應瑒，建安七子之一；謝靈運，山水詩鼻祖，王維就受過他的影響；阮籍，他的詠懷詩雖然隱蔽曲折，卻是滿腔的抱負；庾信，連老杜都說「庾信平生最蕭瑟，暮年詩賦動江關」；鮑照，他的七言詩極富創造性。這一書單開得極好，關鍵是對症下藥。

最後，提出要求的同時，林老師又說：「你又是一個極聰敏伶俐的人，不用一年的工夫，不愁不是詩翁了。」表揚了學生的資質，同時告訴她學習時間有一年之多，以此給予學生深切的厚望。

公開課上完了，但時間很短。真正要看的是師生的課外交流，譬如讀書指導、作業批改等。

林老師的讀書指導也特別值得我們學習。她叫紫鵑把王維的五言律詩拿來，對香菱說：「你只看有紅圈的都是我選的，有一首念一首。不明白的問你姑娘，或者遇見我，我講與你就是了。」香菱也極好學，「只向燈下一首一首的讀起來」。另外，書讀完了，老師也很關切：「可領略了些滋味沒有？」並且告訴香菱「正要講究討論，方能長進。」於是學生把自己的讀書感悟說了一番。香菱對王維的「大漠孤煙直，長河落日圓」、「日落江湖白，潮來天地青」和「渡頭餘落日，墟裡上孤煙」很有感觸，黛玉於是指出王維的「上孤煙」來源於陶淵明的「曖曖遠人村，依依墟里煙」。

林老師批改作業的形式是面批。當然，主要是因為學生少。

香菱的第一首詩稿，林老師的評價是「意思卻有，只是措詞不雅」。原因呢？「皆因你看的詩少，被他束縛住了」，然後鼓勵：「把這首丟開，再作一首，只管放開膽子去作。」

老師點了原因，說了鼓勵，接下去就看學生自己了。好學的香菱交第二次作業的時候，林老師儘管有鼓勵——「自然算是難為他了」，暗含了香菱同學的進步，但還是要求重作。而我們的學生，作文倘若要一而再再而三地改，可能要罵娘。好的學習狀態是師生共同努力的結果。香菱改了第三首，交給老師和一群人，大家一看：「這首不但好，而且新巧有意趣。」

好，林老師的詩歌課到這裡才算正式結束。一堂優秀的公開課所具備的元素她這裡都有了。理論講述、師生互動、書單開列、作業安排、課後討論、問題精選、鞭策鼓勵，這個優良教師誰敢不服啊？

一堂失敗的哲學課

如果說，《紅樓夢》裡的優良教師非林黛玉莫屬，那麼，要評模範生，除了香菱，恐怕還得算上一個翠縷。

香菱是學習詩歌的積極分子，而翠縷是學習哲學的積極分子，她的老師是史湘雲。這堂哲學課，來得有點突然。地點是大觀園內，通往怡紅院的路上。起因是一個很簡單的問題。翠縷問史老師：「這荷花怎麼還不開？」這麼簡單的問題，史老師的回答也在意料之中：「時候沒到。」但是，好學的翠縷並沒有止步於這個簡單的問題，而是又問了一個植物學的問題：「這也和咱們家池子裡的一樣，也是樓子花？」樓子花，是花蕊裡又開出一層一層花瓣的荷花。史老師告訴翠縷，這花不如家裡的。翠縷豐富的聯想能力讓她想到了石榴樹，感嘆石榴樹「樓子上起樓子」，史老師感慨：「花草也是同人一樣，氣脈充足，長得就好。」

好，哲學課就從這裡正式開始了。

史老師這話應該不難理解。但是，可愛呆痴的翠縷卻提出了不同的觀點，她駁斥老師說：「我不信這話。」先是直接反對，然後來一招「偷換概念」：「若說同人一樣，我怎麼不見頭上又長出一個頭來的人？」

史老師明明說的是花草與人需要氣脈一樣，可翠縷卻偏偏停留在表面。看來她的理解能力不是特別好，雖然這不影響她做一名模範生。

史老師被學生問傻了，不知道如何回答，只好說：「我說你不用說話，你偏好說。這叫人怎麼好答言？」這話聽著真是太耳熟了。

做過學生的人，大概都不會陌生這樣的話：「我叫你不要說話，你偏說話。」「我叫你回答這個，你偏扯那個。」於是，站著的學生只好怯生生坐下，再也不敢回答問題了。

史老師突然間發了一通議論：「天地間都賦陰陽二氣所生，或正或邪，或奇或怪，千變萬化，都是陰陽順逆多少。」

這一段話跟翠縷的問題有關係嗎？至少，我沒看出有多少直接的關係。翠縷忘記了自己前面提的問題，被老師帶著跑。但是，追問的精神依舊沒有丟，她繼續問：「這麼說起來，從古到今，開天闢地，都是些陰陽了？」

好吧，雖然是笑著說，但史老師好像真的沒耐心了：「糊塗東西，越說越放屁。什麼『都是些陰陽』，難道有兩個陰陽不成！『陰』、『陽』兩個字還只是一個字。」這話，別怪翠縷不大懂，就是我們對話的時候恐怕也要「糊塗死」。史老師繼續說：「陽盡了就成陰，陰盡了就成陽，不是陰盡了又有個陽生出來，陽盡了又有個陰生出來。」

實話說，史老師這段話沒有考慮學情，說得不夠妥當。翠縷不懂，意料之中。翠縷於是乾脆問史老師，別跟我胡說八道了，妳直接告訴我陰陽長什麼樣吧！（「這陰陽是怎麼個樣？」）

史老師終於從理論走到實際例子了：「比如天是陽，地就是陰；水是陰，火就是陽；日是陽，月就是陰。」

老師講對了，學生就容易懂。翠縷終於笑著說：「是了，是了，我今兒可明白了。」不僅如此，還連繫自己生活中的所知：太陽和月亮。

好問的翠縷，一直追問下去：「太陽太陰，那蟲子、花草、磚瓦都有陰陽嗎？扇子、麒麟也有陰陽嗎？」

答案是不言而喻的。

翠縷提了一個本節課最重要的問題：「這也罷了，怎麼東西都有陰陽，咱們人倒沒有陰陽呢？」

假如遮住史老師的答案，我們指定都能回答這個問題：人也是有陰陽的。男人為陽，女人為陰。然而，史老師的回答是：「下流東西，好生走罷。越問越問出好的來了！」順便，還照臉啐了一口。

我很奇怪，為什麼翠縷問到這裡，史老師就不高興了呢？

我想了很久，發現了一種可能：如果史老師按照我們的思路回答，也許，懵懂的翠縷會說出一句令史老師無法接受的話，這句話可能是：怪道男人有陽具，女人有陰戶呢。

這句話在翠縷那裡，就是一派天真爛漫與單純無知；要是放在史老師面前，我的天啊，太尷尬了。那會汙了史老師的耳朵的。

但是史老師聰慧地制止了這種尷尬，並且聰慧地把翠縷引向了「主子為陽，奴才為陰」的道路上。史老師笑道：「你很懂得。」

於是，當史老師對寶玉說出「也該常常的會會這些為官做宰的人們，談談講講些仕途經濟的學問，也好將來應酬世務，日後也有個朋友」時，我們一點也不覺得奇怪。我差點就要「代表亞洲人民」說一句，這是史老師說得最讓人生氣的話了。難怪寶玉回答她：「姑娘請別的姊妹屋裡坐坐，我這裡仔細汙了你知經濟學問的。」解氣。

回到哲學課上來。有一個問題：史老師為什麼會失敗呢？

看資質，翠縷和香菱差不多；看師資，史湘雲老師和林黛玉老師也差不多。但是，林老師可以憑藉那一節課，榮升優良教師，而史老師的這堂課卻失敗了，並且，失敗得很徹底。

我覺得其中一個重要的原因是史老師為自己設置了一個禁忌。這比什麼都可怕。如果只是上級領導不讓你講，規章制度不讓你講，你心裡還有數。但是，自己為自己畫個圈，並且畫得非常無意識，這實際上就是一種自我閹割。

被迫閹割，情有可原。自我閹割，天理難容！

我至今記得上國中那年，生物課上同學們紅著臉湊在一起討論精子、卵子、初潮之類的詞語，並且很好奇老師會怎麼上這樣的課？

老師來了，說了一句我很多年後還記得的話：科學的知識，用科學的態度對待。然後，我們期待著他用科學的態度講解。千等萬盼，終於，他說：「這一節不是重點，自己看看就行了。」

我打心眼裡鄙視他。他也為自己畫了一個圈，不敢去講。

但凡為學術設置門檻，或者自我禁忌的，學術就不可能發揚光大。課堂講述也一樣，有所禁忌，在某種程度上會導致課堂教學的失敗。

專家的美術課

大觀園裡的孩子們，國文大多學得不錯。但是，精通美術的真不多。惜春能畫。賈母把畫大觀園這麼重要的「政治工程」交給惜春，可見她的功底十分了得。

寶玉略通。在馮紫英家，薛蟠談起春宮圖來頭頭是道，但他把春宮圖的作者唐寅說成「庚黃」，令人噴飯。寶玉在心裡猜疑：「古今字畫也都見過些……」（第二十六回）見過今人畫當然沒什麼了不起，但是在沒有印刷品的時代裡，見過不少古人畫，那就十分難得了。秦可卿的房間裡掛著唐伯虎的〈海棠春睡圖〉，賈母的屋裡掛著仇英的〈豔雪圖〉，寶玉沒吹牛。

但要說到精通，恐怕非薛寶釵莫屬。薛老師算得上是理論與實踐「雙能手」了。

閒話少說，我們一起來看看薛老師的美術課。

社長李紈老師要成立詩社，惜春請假，要請多久，卻決定不下來。惜春要一年，李社長只給一個月。學神黛玉也只能在旁邊打趣。最後誰決定的？寶釵。時間：半年。

這個時間不是薛老師亂說的，她有她的理由。

惜春能畫，不過是畫寫意。但是，畫大觀園可不是畫寫意，而是界畫。

什麼是界畫？就是用界尺作線，精緻地畫出宮室樓臺。這樣的畫，比工筆畫還精緻。

再來看薛老師給出的請假理由：「如今畫這園子，非離了肚子裡頭有幾幅丘壑的才能成畫。這園子卻是像畫兒一般，山石樹木，樓閣房屋，遠近疏密，也不多，也不少，恰恰的是這樣。你只照樣兒往紙上一畫，是必不能討好的。這要看紙的地步遠近，該多該少，分主分賓，該添的要添，該減的要減，該藏的要藏，該露的要露。這一起了稿子，再端詳斟酌，方成一幅圖樣。第二件，這些樓臺房舍，是必要用界劃的。一點不留神，欄杆也歪了，柱子也塌了，門窗也倒豎過來，階磯也離了縫，甚至於桌子擠到牆裡去，花盆放在簾子上來，豈不倒成了一張笑『話』兒了。第三，要插人物，也要有疏密，有高低。衣折裙帶，手指足步，最是要緊；一筆不細，不是腫了手就是跏了腿，染臉撕髮倒是小事。依我看來竟難的很。如今一年的假也太多，一月的假也太少，竟給他半年的假，再派了寶兄弟幫著他。」

這段話，句句出自行家。「非離了肚子裡頭有幾幅丘壑的才能成畫」——胸中有丘壑，當然不算是冷僻的典故。唐人厲霆〈大有詩堂〉中那句「胸中元自有丘壑，盞裡何妨對聖賢」，想必薛老師是知道的。以此句論畫，則最早見於赫赫有名的《宣和畫譜》，抄一段吧：「高克明，絳州人，端願謙厚，不事矜持。喜遊佳山水間，搜奇論古，窮幽探絕，終日忘歸。心期得處即歸，燕坐靜室，沉屏思慮，幾與造化者遊。於是落筆則胸中丘壑盡在目前。」薛老師若讀過這一段，只能說明她的閱讀量驚人，並且悟性了得。

另外，差不多和薛老師同時代的一位金陵畫家也有過類似說法：「一日筆，二日墨，三日丘壑，四日氣韻。」這位畫家便是龔賢。苦瓜和尚石濤的名言，「搜盡奇峰打草稿」，其實也是說胸中要有丘壑。

薛老師的自頭一句就響噹噹。

接下來，遠近、多少、主賓、添減、藏露、疏密、高低，侃侃而談，句句在理。我自己就是學國畫出身的，但我這個半吊子學徒面對薛老師卻是心服口服。

當然，說兩句理論未必就能畫。薛老師不僅精通理論，對繪畫工具也瞭若指掌，連學霸寶玉都自嘆不如。

寶玉說要用雪浪紙。薛老師直接就冷笑道：「我說你不中用！那雪浪紙寫字畫寫意畫兒，或是會山水的畫南宗山水，托墨，禁得皴染。拿了畫這個，又不托色，畫也不好，紙也可惜。」

倘若薛老師沒畫過，如何能知道這些？「南宗山水」固然是熟知的專業術語，但「托墨」、「皴染」、「托色」等專業術語，非行家無法道也！

說到畫具，即便能畫的惜春也只有區區四樣顏色，兩支著色筆而已。薛老師則說：「這些東西我卻還有。」不畫畫的，恐怕不會無聊到收藏畫具吧？

接下來，薛老師要幫學生開單子、買畫具了。「今兒替你開個單子，照著單子和老太太要去。你們也未必知道的全，我說著，寶兄弟寫。」

「你們也未必知道的全」，這是什麼樣的口吻啊！「我說著，寶兄弟寫。」恍然讓我想起章太炎老師授課時的場面：除了端茶倒水的，後面還有板書的學生。

薛老師幫學生開出的這個畫具單子，筆墨紙硯、顏料自不必說，但是，「淘澄飛跌」的作畫步驟，以及「再要頂細絹籮四個，粗絹籮四個，擔筆四支，大小乳缽四個，大粗碗二十個，五寸粗碟十個，三寸粗白碟二十個，風爐兩個，沙鍋大小四個，新瓷罐二口，新水桶四隻，一尺長白布口袋四條，桴炭二十斤，柳木炭一斤，三屜木箱一個，實地紗一丈，生薑二兩，醬半斤」，就不得不令人驚嘆了。

連黛玉都要打趣「鐵鍋一口，鍋鏟一個」。但是，薛老師直接告訴林同學：「你哪裡知道。那粗色碟子保不住不上火烤，不拿薑汁子和醬預先抹在底子上烤過了，一經了火是要炸的。」

這節美術課中，薛老師還告知了學生繪畫的安全隱患：「藤黃有毒。」

除此之外，她對色彩也頗有研究。第三十五回下半回〈黃金鶯巧結梅花絡〉中，寶玉對薛老師給出打絡子的建議，卻不知道用什麼顏色，薛老師就連同顏色建議也給了，說：「若用雜色斷然使不得，大紅又犯了色，黃的又不起眼，黑的又過暗。等我想個法兒：把那金線拿來，配著黑珠兒線，一根一根的拈上，打成絡子，這才好看。」

這讓我想起蕭紅的〈回憶魯迅先生〉中一大段魯迅先生評論蕭紅穿著的文字：「你的裙子配的顏色不好，並不是紅上衣不好看，各種顏色都是好看的，紅上衣要配紅裙子，不然就是黑裙子，咖啡色的就不行了。這兩種顏色放在一起很渾濁……」「你這裙子是咖啡色的，還帶格子，顏色混濁得很，所以把紅色衣裳也弄得不漂亮了。」魯迅先生的美術眼光和功底是世所公認的。看他的封面設計、書法、收藏的畫作以及對版畫的摯愛和對藝術青年的培養就可知。他對蕭紅穿著的評論，蕭紅如同我輩一樣心存疑惑，許廣平先生所給出的回答是：「看過書的，關於美學的。」許先生的回答，冷靜從容，字裡行間透露出一種自然而然。如果你對寶釵的顏色美學也心存疑惑，我個人覺得，你完全可以套用許廣平先生的這個回答。

總之，薛老師左手理論，右手實踐，她唯一的缺憾就是沒有為學生做示範。但是我相信，只要她下手，一定功夫不凡。

好課是用一生時間備出來的

除了美術課之外，薛寶釵老師還上過戲曲文學賞析課。

上課時間：二月二十一日

上課地點：大觀園

課題：〈寄生草〉賞析

授課老師：薛寶釵
職稱：優良教師（我個人封的）
學生：大觀園賈府「三春」、史湘雲、賈寶玉、王熙鳳等

可以保證，這堂公開課絕對沒有任何磨課（MOOC）的機會，上課機緣純粹出於無意。起因是這樣的：薛老師二月二十一日這一天要過十五歲生日，於是賈母出資，要求王熙鳳置辦酒席。一來顯得老人家對孩子關心，二來嘛，老人家自己也想樂樂。為此，定了一班新出小戲，昆弋兩腔皆有，也沒有外人。除了薛姨媽、史湘雲、薛寶釵算是客，其他都是自己人。

因為是為薛老師過生日，所以賈母就指定點戲由薛老師開始。她先點的是《西遊記》，考慮到老太太喜歡熱鬧，就盡點熱鬧戲。後來王熙鳳也點了《劉二當衣》，之後孩子們陸續點。等酒席上來的時候，薛老師又點，這回她點的是《魯智深醉鬧五臺山》。

課，在這個時候算正式開始了。

第一個舉手提出反對意見的是賈寶玉同學，他對薛老師老是點熱鬧戲表示反感。他

說：「只好點這些戲。」這話的意思是你前面都點過《西遊記》了，又點《魯智深醉鬧五臺山》，能不能點一點《遊園驚夢》、《長亭送別》之類的愛情戲？這大概是寶玉同學的內心想法，畢竟他偷讀過這些書，心裡發癢。

但問題是，寶玉同學看過《魯智深醉鬧五臺山》這齣戲嗎？兩種情況。第一，他壓根就沒看過。第二，他可能看過，但是看得不認真，忘記了。後一種的可能性比較大。為什麼這麼說呢？薛老師和寶玉同學，他們都是聽戲知戲的，都有戲曲啟蒙老師，寶玉的老師要比薛老師的老師高明，是誰呢？當然是這一次置辦酒席的賈母了。賈母愛戲、懂戲，並且有自己的見解，在戲曲鑑賞方面品味極高。寶玉呢，自小在賈母身邊長大，賈母愛聽熱鬧戲，很顯然老太太不是第一次聽《魯智深醉鬧五臺山》，所以，寶玉同學也很可能聽過這齣戲。不過，也許他不喜歡，所以沒放在心上，或者不記得了。

那麼，薛老師的戲曲啟蒙老師又是誰呢？當然是薛姨媽。薛姨媽自詡也是聽過幾百班戲的人，也算是在戲曲裡浸泡著長大的，但是和賈母的戲曲品味比起來，根本不在一個層次。所以面對賈母聽昆曲只用簫管就覺得不可思議。一個高品味的老師帶出來的學生竟然比不上一個品味一般的老師帶出來的學生，這事值得玩味。

面對寶玉同學的質疑，薛老師當場就說：「你白聽了這幾年的戲」——這是赤裸裸的批評，說寶玉同學不長進，或者說他沒有及時複習所聽的戲。她接著說：「那裡知道這齣戲的好處，排場又好，辭藻更妙。」所謂排場，寶玉同學當然是知道的，只是我們現在還需要解釋一下，它不是指鋪張的場面，而是指戲場舞臺。

可是寶玉同學還是不服氣。即便是排場好、辭藻妙，那又如何？還不是熱鬧戲嗎？所以，他接著說：「我從來怕這些熱鬧戲。」

薛老師怎麼接招的？

「要說這一齣熱鬧，你還算不知戲呢。你過來，我告訴你，這一齣戲熱鬧不熱鬧？是一套北《點絳唇》，鏗鏘頓挫，韻律不用說是好的了；只那辭藻中有一支〈寄生草〉，填得極妙。」

薛老師接得很妙。你說熱鬧就熱鬧了？只不過是鏗鏘頓挫、韻律好、辭藻精妙罷了。薛老師的評價是相當準確的。另外，這話可不是說給寶玉同學一人聽的，是說給全部人聽的：你們以為我就會點熱鬧戲討好賈母嗎？我這回點的可不是什麼熱鬧戲。

這個時候，寶玉基本上就傻住了，只好「湊近來央告」：「好姐姐，念與我聽聽。」真是該罰他抄寫〈寄生草〉十遍，居然不叫「老師」。

薛老師也不客氣，一口氣背出來了：

漫揾英雄淚，相離處士家。謝慈悲，剃度在蓮臺下。沒緣法，轉眼分離乍。赤條條，來去無牽掛。那裡討，煙蓑雨笠卷單行？一任俺，芒鞋破缽隨緣化！

真是一個好老師。可要知道，她的手裡並沒有書。我們經常會遇到這樣一種情況，那就是每當我們想介紹一部電影或者一本書給人時，我們只會口若懸河：好啊好啊真好啊，特別的好。但人一問：好在哪裡？我們頓時一片迷茫，十分尷尬。薛老師這一堂課，最值得我們學習的地方就是她有內涵。

寶玉同學聽完之後是什麼感覺？他「喜得拍膝畫圈，稱賞不已，又讚寶釵無書不知」。讓一個也算是博覽群書的人稱賞「無書不知」，這可是一件難事啊。

其實，任何一節優秀課堂的背後都是長時間的思考與積澱。記得蘇霍姆林斯基（Vasily Sukhomlynsky）在《給教師的建議》第二篇中，提到過一位歷史教師，這位教師有三十年教齡，他上了一節公開課，課題是「蘇聯青年的道德理想」，區培訓班的學員、教育局的訪視輔導員都來聽課。課上得非常出色，出色到什麼地步呢？聽課的教師和訪視輔導員本來打算在聽課過程中做點紀錄，以便課後交流，可是他們聽得入了迷，屏心靜氣，完全被課吸引住了，就彷彿自己變成了學生一樣，以至於忘了做記錄。課後，鄰校的一位教師對這位歷史教師說：「是的，您把自己的全部心血都傾注給自己的學生了。您的每一句話都具有極大的感染力。不過，我想請教您：您花了多少時間來備這節課？不止一個小時吧？」那位歷史教師說：「對這節課，我準備了一輩子。而且，整體而言，對每一節課我都是用終生的時間來備課的。不過，對這個課題的直接準備或者說現場準備，只用了大約十五分鐘。」這個案例對我的教師生涯影響很大。是的，優秀的老師從來不抱怨沒有閒置時間。他們中間的每個人，談到自己的每一節課，都會說是終生都在備這節課的。

的確如此。薛老師的課也是積澱了很久。第四十二回，薛老師在「審」完黛玉在「三宣牙牌令」上不小心說出的「良辰美景奈何天」時，說：「我們家也算個讀書人家，祖父手裡也愛藏書。先時人口多，姊妹弟兄都在一處，都怕看正經書。弟兄們也有愛詩的，也有愛詞的，諸如這些『西廂』、『琵琶』以及『元人百種』，無所不有。他們是偷背著我們看，我們卻也偷背著他們看。後來大人知道了，打的打，罵的罵，燒的燒，才丟開了。」她後面說的話，根本就不值得信。她是經史子集、詩詞歌賦甚至醫藥都懂的人，這些學問不就是她靠讀書累積起來的嗎？

但是，她上過的兩堂課，一堂美術課，一堂戲曲文學課，似乎一分鐘備課的時間都沒有。原因很簡單，她平時一直在備課。所以，所謂的好課取決於你日常累積的文化底蘊，至於備課時間反倒不是最重要的。

教授級教師的公開課

如果說林黛玉是《紅樓夢》中的國文優良教師，那麼我認為賈母就是教授，至少是教授級的中學教師。我一直不掩飾對這位老太太的喜歡，在我寫作的〈賈母的女兒讀書觀〉一文裡，就正大光明地「表白」過我對她的崇敬之情。那篇文章談的是老太太的讀書觀，今天要談的則是她的幾節有名的課。

第一節，戲曲賞析課。

《紅樓夢》中，懂戲的人實在是太多了，在行家面前講公開課意味著自己必須是專家。林黛玉、薛寶釵這樣的讀書人，對戲曲也是非常精通的。在這點上，寶釵更勝於黛玉。就在薛寶釵的生日宴會上，寶釵應賈母的要求點戲，所點之戲都是熱鬧戲，其中有一齣《魯智深醉鬧五臺山》，寶釵直接將這一支詞背了出來，一氣呵成，可見是爛熟於心。林黛玉也懂戲，先天的敏感和文學細胞讓她對文學尤其是愛情文學有著非凡的領悟力，所以看《西廂記》時「自覺辭藻驚人，餘香滿口」，聽《牡丹亭》時則有「原來戲上也有好文章」的感慨，聽到「如花美眷，似水流年」時，更是心動神搖，如痴如醉。

可是因為家庭原因，黛玉在藏書的寬泛面上無法與寶釵相比。寶釵自己說「『西廂』、『琵琶』、『元人百種』，無所不有」。再加上其母親薛姨媽也是頂級戲迷，直言「戲也看過幾百班」，這對寶釵的影響是不言而喻的。所以，在戲曲方面，黛玉不如寶釵。黛玉在〈金鴛鴦三宣牙牌令〉上不小心露出的「良辰美景奈何天」一句，當時就被寶釵發現了，寶釵後來還半開玩笑地要黛玉跪下，審她。可見寶釵的戲曲功夫著實深厚。

但是，這兩位學神在戲曲方面的鑑賞力和老太太賈母比起來，則又是小巫見大巫了。

老太太愛戲，發自骨子裡的愛。老太太也懂戲，是非常的懂，不是一般的懂。老太太還會鑑賞，鑑賞起來非常有水準，不是泛泛而論。

老太太愛戲的表現在書中到處都是。她總是找機會看戲，有人過生日看戲，過元宵節也看戲。元妃省親，更是為此請了一個戲班。「賈薔又近前回說：『下姑蘇聘請教習，採買女孩子，置辦樂器行頭等事，大爺派了姪兒，帶領著來管家兩個兒子，還有單聘仁、卜固修兩個清客相公，一同前往，所以命我來見叔叔。』」其他的諸如有人過生日，就要請戲班，熱熱鬧鬧，不亦樂乎。更重要的是，賈母因為閱歷的關係，家裡很早就有了家班。「賈母……指著湘雲道『我像他這麼大的時候兒，他爺爺有一班小戲』。」歷史上的真實情況是，李煦家裡確實有家班，這在《李煦奏摺》中就可以見到，他還培養了女戲班獻給皇上。他家裡長年養著優伶曲師，兒子李鼎更是迷戀昆曲，不僅親自參加家班的演出，還花鉅資添置服裝、行頭。顧公燮在其《顧丹五筆記》中說：「織造李煦蒞蘇三十餘年……公子性奢華，好串戲，延名師以教習梨園，演《長生殿》傳奇，衣裝費至數萬。」這自然是賈母愛戲的重要原因。

當然，有戲班的貴族家庭很多，而賈母清雅脫俗的戲曲品味卻不是一般人所具有的。所以，她的第一堂公開課就是戲曲賞析課。聽八齣《八義》，聽得頭疼，要「清淡些好」，於是，「叫芳官唱一齣《尋夢》，只提琴與管簫合，笙笛一概不用」、「叫葵官唱一齣《惠明下書》，也不用抹臉」。就連看過幾百班戲的薛姨媽也「從沒見用簫管的」。筆者我也算得上是個昆曲迷，深知昆曲只用簫管伴奏的好，只是「悠然心會，妙處難與君說」。

第二節課，音樂賞析課。

課題是凸碧堂品笛，與賞戲有異曲同工之妙。「桂花樹下，嗚嗚咽咽，悠悠揚揚，趁著這清風明月，天空地靜，真令人煩心頓解，萬慮齊除，都肅然危坐，默默相賞。」如此好的笛聲，大家夥一致認為「實在可聽」，且不說當時現場聽到笛聲的人們，就是現在讀到文字的我們也是浮想聯翩。可是審美大師賈母還是覺得「這還不大好。須得揀那些曲譜越慢的吹來越好」。吹笛子的人得到了賈母的這一指點，很快領悟過來。「只聽桂花蔭裡，嗚嗚咽咽，裊裊悠悠，又發出一縷笛音來，果真比先越發淒涼。」依舊是「嗚嗚咽咽」，但由原來的「悠悠揚揚」變成了「裊裊悠悠」，雖然只是兩個字的變換，但是境界可大不一樣。聽到最後，賈母「不禁墮下淚來」，其他人呢？「眾人都不禁有寂寞淒涼之意」。老太太很清楚，什麼樣的環境裡該聽什麼樣的音樂。

賈母最重要的一課是一堂評論課。

這是被曹翁放在第五十四回〈史太君破陳腐舊套〉中描寫的書評課。賈母有一段話，簡直可以選入郭紹虞先生的《中國歷代文論選》。我們且看看：「這些書都是一個套子，左不過是些佳人才子，最沒趣兒。把人家女兒說的那樣壞，還說是佳人，編的連影兒也沒有了。開口都是書香門第，父親不是尚書就是宰相，生一個小姐必是愛如珍寶。這小姐必是通文知禮，無所不曉，竟是個絕代佳人來……父母也忘了，書禮也忘了，鬼不成鬼，賊不成賊，那一點兒是佳人？便是滿腹文章，做出這些事來，也算不得是佳人了。比如男人滿腹文章去做賊，難道那王法就說他是才子就不入賊情一案不成？可知那編書的是自己塞了自己的嘴。再者，既說是世宦書香大家小姐都知禮讀書，連夫人都知書識禮，便是告老還家，自然這樣大家人口不少，奶母丫鬟服侍小姐的人也不少，怎麼這些書上，凡有這樣的事，就只小姐和緊跟的一個丫鬟？你們白想想，那些人都是管什麼的，可是前言不答後語？」

「眾人聽了，都笑說：『老太太這一說，是謊都批出來了。』賈母笑道：『這有個原故：編這樣書的，有一等妒人家富貴，或有求不遂心，所以編出來汙穢人家。再一等，他自己看了這些書看魔了，他也想一個佳人，所以編了出來取樂。何嘗他知道那世宦讀書家的道理！別說他那書上那些世宦書禮大家，如今眼下真的，拿我們這中等人家說起，也沒有這樣的事，別說是那些大家子。可知是謅掉了下巴的話。所以我們從不許說這些書，丫頭們也不懂這些話。這幾年我老了，他們姊妹們住得遠，我偶然悶了，說幾句聽聽，他們一來，就忙歇了。』」

難以割愛，只好照搬。此處應該有掌聲。這樣的創見在當時實在是難得。

然而問題來了，這麼好的老師是怎麼誕生的呢？

有一點，我們不得不承認，好老師是需要一點天賦的，而天賦往往又是最難說的東西。賈母的家學淵源自不必待言。上文已經提到過了，她興趣廣泛，聽評書、聽昆曲、聽音樂，除此之外，愛美食、愛猜謎、愛聽笑話、愛精美服飾，正是這些愛好，讓她有了第三點值得我們學習的地方：始終和學生打成一片。

寶玉同學最討厭那些結了婚的女人，罵她們是死魚眼睛，賈府上下最年長的這位女人，不僅不是死魚眼睛，還活成了珍珠，最重要的一點，她常常混在少女堆裡，是最年長的一位「少女」，除了她們的作詩活動不參加外，其餘的諸如生日派對、露天燒烤、品茶喝酒、猜謎聽戲，樣樣都不落下。她深知學生的喜怒哀樂就是她的喜怒哀樂，學生的愛好就是她的愛好，她愣是把自己的退休生活過得有滋有味，精采紛呈。

和學生打成一片，表明自己願意向學生學習新的東西。自己不懂的，老老實實承認，這樣，不僅能把課上得精采，還能贏得學生的喜歡和尊重。

一堂成功的心理課

林黛玉是一個有心理問題的學生，這一點應該沒有人反對。她敏感尖刻、心胸狹隘，事實上，我覺得她內心的問題還不止這些。她在內心確立了和賈寶玉的戀愛關係之後，知道寶玉與自己心心相印，可是在一個三妻四妾的時代裡，她無父無母無兄弟，且身邊還有一個戴金鎖的時常口稱「金玉良緣」的寶釵，她的愛情生活因此缺乏安全感，內心的煩悶也就顯而易見。令人欣慰的是，她有一個心理老師，為她上過一堂極好的課。

正如我們前面所說，黛玉最大的心理問題和寶玉直接相關。所以，這位治療師就從寶玉著手來治療黛玉的心理疾病。既然黛玉關心的是寶玉對自己的想法，那麼就不妨要寶玉自己把話說出來。

這位心理老師叫紫鵑。

紫鵑採取的是一種言語上的心理測試，說得極其自然、極其委婉。後面她解釋說，自己說的是「頑話」，實則是有準備的言語。先是寶玉關心她，她直接拒絕了寶玉的關心：「從此咱們只可說話，別動手動腳的。一年大二年小的，叫人看著不尊重……」說了一大堆的話，有一句特別令寶玉傷感：「姑娘常常吩咐我們，不叫和你說笑。你近來瞧他遠著你還恐遠不及呢。」從這時起，紫鵑開始了她正式的心理測試。果然，第一次相當成功。寶玉「心中忽澆了一盆冷水一般，只瞅著竹子，發了一回呆」，後來又「隨便坐在一塊山石上出神」，雪雁發現寶玉的狀態後告訴了紫鵑，於是，紫鵑開始了第二回測試。

第二回的測試比第一回來得更加厲害，並且更加自然。紫鵑先是挨著寶玉坐著，與他閒話家常，說起吃燕窩的事情。此時紫鵑貌似無意其實非常有意地來了一句：「在這裡吃慣了，明年家去，那裡有閒錢吃這個。」

接得天衣無縫。

果然，寶玉很快就中了她的招。不僅如此，紫鵑還向寶玉宣布：「將從前小時頑的東西，有他送你的，叫你都打點出來還他。他也將你送他的打疊了在那裡呢。」寶玉內心的想法完全袒露在紫鵑面前，只是令紫鵑沒有想到的是寶玉後來的發展脫離了她的掌控。

可是當紫鵑轉向黛玉時，卻是：「悄向黛玉笑道：『寶玉的心倒實，聽見咱們去就那樣起來。』」她對自己的心理測試結果應該說是非常滿意的。可是她所做的這一切是為了黛玉，而不是為了寶玉。

於是，她向黛玉說話的時候，更加展現了高超的說話藝術。

她自言自語地說道：「一動不如一靜。我們這裡就算好人家，別的都容易，最難得的是從小兒一處長大，脾氣性情都彼此知道的了。」這時候，就把黛玉的心裡話說出來了。

可是，黛玉是什麼樣的人啊，她怎麼可能會承認呢？

黛玉的心理創傷其實是非常嚴重的。六歲的時候，失去了母親，八九歲的時候，寄養到了外祖母家。這樣一個處於成長期的兒童（我們讀《紅樓夢》的時候，常常忘記了黛玉是一個孩子，而把她當成了一個十七八歲的大姑娘），心智尚未發育成熟，對情緒、情感、人際關係、邏輯思維等方面的辨別和表達能力還很欠缺，此時又遭受了心理創傷，從而變得愈加敏感。在外祖母家，黛玉雖然沒有受到虐待，可在她看來，「一年三百六十日，風刀霜劍嚴相逼」。實事求是地說，黛玉在賈府即便有時被忽略，也不至於「風刀霜劍嚴相逼」，她太早熟、太早慧了，對這個世界的感知能力太強了。在她眼裡，偶爾的被忽視便是一種精神上的虐待。阿德勒在《自卑與超越》一書中說，被忽視的兒童「從不知愛與合作為何物，他們建構了一種沒有把這些友善力量考慮在內的生活解釋。當他面臨生活中的問題時，他總會高估其中的困難，而低估自己應付問題的能力和旁人的幫助及善意。他曾經發現社會對他很冷漠，從此他就誤以為社會永遠是冷漠的。他不知道他能用對別人有利的行為來贏取感情和尊敬，因此他不但懷疑別人，也不能信任自己」。這簡直就是對林黛玉的診斷結論。

有一句話說得好，很多人是用童年治癒一生的，而還有一些人是用一生來治癒童年的。黛玉自幼失去母愛，「母親的第一件工作就是讓她的孩子感受到她是位值得信賴的人物，然後她必須把這種信任感擴大，直至它涵蓋兒童環境中全部之物為止」。黛玉短暫的一生都在治癒她在童年時因為母愛的缺失和被人忽視所帶來的創傷。

這樣的創傷會影響她的性格形成。在心理學上有一個名詞叫做「複雜的發展性創傷」。黛玉對所有人甚至包括紫鵑在內，都有著極強的情感隔離，她把自己的情感和理智分得很開。黛玉特別善於察言觀色，從進賈府的那一刻開始，她的這一特點就展露得淋漓盡致，她怎麼可能看不出紫鵑想說什麼呢？

於是，黛玉啐道：「你這幾天還不乏，趁這會子不歇一歇，還嚼什麼蛆。」

她的內心裡已經啟動了防禦機制：化被動為主動。

可以說為黛玉這樣的患者進行心理治療或者上心理課，是比較艱難的，要有慈悲為懷的菩薩心腸，要有鍥而不捨的精神，也要有和風細雨的綿柔。黛玉說出來的話其實很嚴重。用我們現在的話說，「嚼什麼蛆」，這都近乎爆粗了。但是，紫鵑並沒有半點惱怒，她還是「笑」著說。因為紫鵑與其他人不一樣，她和黛玉之間有著安全且相互信任的關係（如果是治療的話，那就是醫病關係；如果是心理課的話，那就是師生關係）。有很多心理學老師或者心理治療師常常忘記這一點，所以一開口就給人這樣的感覺：「你有問題，我是來為你解決問題的」或者「你有病，我是為你治病的」，那口吻，高高在上，不可一世，自然也就被拒之千里了。

而紫鵑接黛玉的「嚼蛆」的話竟然是：「我倒是一片真心為姑娘。替你愁了這幾年了，無父母無兄弟，誰是知疼著熱的人？」這些話句句說到了黛玉的心坎上。所以，黛玉聽到這些話才有了「口內雖如此說，心內未嘗不傷感。待他睡了，便直泣了一夜」這麼大的反應。

可惜的是，這樣的聊天在黛玉的生命裡並不多見。正因如此，我更願意把紫鵑的這次聊天當作一堂成功的心理課，而不是一次治療。治療需要的往往是更長久的安排，紫鵑自然沒有這樣的能力，黛玉也沒有這樣的幸運。最後，這一對主僕的歸宿令人扼腕。我喜深夜讀《紅樓夢》，但凡讀到二人歸宿，天地寂靜，萬物一體，不禁潸然！

大觀園裡的性教育

寶玉的性啟蒙源於一個夢。

寧國府花園內梅花盛開，賈珍的妻子尤氏治酒，請賈母、邢夫人、王夫人等賞花，寶玉也在被邀之列。誰曾想，寶玉大白天犯睏，「一時倦怠」，想要睡覺，進了秦可卿的房間。

這間房子的主人，還有這間房間，都非同凡響。

先說主人。第五回，原文清清楚楚寫道：「賈母素知秦氏是個極妥當的人，生得嬝娜纖巧，行事又溫柔和平，乃重孫媳中第一個得意之人。」她在賈母眼中的地位非同凡響，她的長相也非同凡響。

再說她的房間。牆上懸掛著的是唐伯虎的〈海棠春睡圖〉。「案上設著武則天當日鏡室中設的寶鏡，一邊擺著飛燕立著舞過的金盤，盤內盛著安祿山擲過傷了太真乳的木瓜。上面設著壽昌公主於含章殿下臥的榻，懸的是同昌公主製的聯珠帳。」還有，「西子浣過的紗衾，移了紅娘抱過的鴛枕」。這些都是視覺上的。

嗅覺上的：「剛至房門，便有一股細細的甜香襲人而來，寶玉覺得眼餳骨軟。」此香的催情效果十分顯現。艾利斯（Henry Ellis）在其《性心理學》中說道：「嗅覺的接受暗示的力量是最強的，它喚起遙遠的記憶而加以濃厚情緒的渲染力量也是最豐富的。它所供給的印象是最容易改變情緒的力度和格調的，使和受刺激的人當時的一般的態度相呼應。」嗅覺雖然排在視覺之後，但是對此刻的寶玉而言，自然同等重要。只是不知道曹翁筆下的這種甜香味是香水樹萃取的還是檀香木萃取的？

一切，都已暗含了性的因素。

外部環境已經營造好了。佛洛伊德說，夢的來源一般有四種，第一種就是外部的感覺刺激。寶玉這個夢已經具備了外部感覺刺激的各種特徵。當然，最重要的是，寶玉已經長大了，即便「純粹的精神來源的興奮」也是有的。

寶玉就等著性教育老師登場了。

第一位老師應該是警幻仙姑。寶玉在房間入睡的時候，仙姑帶領他前往夢中仙界，讓他閱覽金陵十二釵的命運簿冊，聆聽《紅樓夢曲》十四支，並將自己的妹妹秦可卿「許配」給他。之後，又將寶玉送往香閨繡閣，再加以一番教育。「祕授以雲雨之事，推寶玉入房，將門掩上自去。」「那寶玉恍恍惚惚，依警幻所囑之言，未免有兒女之事，難以盡述。」到第二天，「柔情繾綣，軟語溫存，與可卿難解難分」。

確切地說，寶玉的第一位性啟蒙老師包括兩個人：警幻仙姑和秦可卿。

第二位則是襲人。

就在夢醒之後，寶玉夢遺，被伺候他的襲人發現了。寶玉還把自己夢中的情景「細說與襲人聽」，貌似他成了襲人的性教育老師。其實並非如此。寶玉說警幻仙姑授「雲雨之事」前，襲人就已明白寶玉是在夢遺了。「襲人本是個聰明的女子，年紀本又比寶玉大兩歲，近來也漸通人事，今見寶玉如此光景心中便覺察一半了。」聰明與年紀大，未必就懂，倒是「漸通人事」這四個字才是最關鍵的。

不過，我想追問一句：襲人是怎麼漸通人事的？

這個問題，搞清楚了，也就基本了解了大觀園裡的性教育是怎麼回事。

襲人應該很早就來到了賈府，因為她在賈母身邊待過。在和寶玉初試雲雨情的時候，她和寶玉的年紀都不大。周紹良先生在〈《紅樓夢》繫年〉一文中談到此時寶玉應該是八歲，襲人不是此時說的「大寶玉兩歲」。從第六十五回中得知，襲人、香菱、晴雯、寶釵同庚，第二十二回推斷出寶釵的年齡，可以得知襲人此時應該是十一歲。一個十一歲的女孩，哪裡就「漸通人事」了呢？

其實，「漸通人事」是可以有的，因為不管是小說中的大觀園還是現實中的大世界，性教育一直都存在。

賈母有一個新挑選來做粗活的丫頭叫傻大姐，只有十四五歲。在大觀園的山石背後，「得了一個五彩繡香囊，其華麗精緻，固是可愛，但上面繡的並非花鳥等物，一面卻是兩個人赤條條的盤踞相抱，一面是幾個字。」傻大姐錯認是「兩個妖精打架」（第七十三回），其實是「十錦春意香袋」，說白了，是一幅春宮畫。

這可以說是一種性教育的教材吧！

但是，傻大姐撿到這個香袋，可不像撿到一本國文教材或者數學教材那樣簡單。當邢夫人轉交給王夫人的時候，王夫人找鳳姐來質問。這個香袋是王熙鳳的嗎？當然不是。王熙鳳有這個香袋嗎？一定有。鳳姐自己也說：「我也不敢辯我並無這樣的東西。」也就是說，鳳姐是有的，這可是她性教育的教材呢。

鳳姐還有一句話至關重要，她提到了園子裡的丫鬟侍妾：「他們更該有這個！」

「更該有」三字，豈不是說明「香袋」性教材通行於主子和侍妾、丫鬟之間？

事實上，這個香袋就是迎春的丫頭司棋的。在第七十一回裡，司棋與姑舅兄弟潘又安私會，被鴛鴦撞見了。

這一切都只是古代性教育的一個側面而已。

其實，古代性教育最重要的時間節點是在婚前。春宮圖暗送給女兒，並稱之為「嫁妝畫」，最早記於漢代。沈德符《萬曆野獲編》中記載「春畫」：「當始於漢廣川王，畫男女交接狀於屋，召諸父姊妹飲，令仰視畫。」還有一種就是「壓箱底」。嫁妝畫和壓箱底，都是春宮畫，供新婚夫婦「照貓畫虎」用。

其實，我們的祖先在性教育問題上不像我們想像的那樣閉塞。參照《內經》寫就的《素女經》不就是典型的性教育著作嗎？這還是在秦漢時期。漢墓出土的《養生方》也是一部性學專著。建初四年，也就是西元七十九年，皇帝親自主持一次全國規模的經學學術會議，會議紀錄整理的《白虎通》居然也有性教育的內容，「極說明陰陽夫妻變化之道」。到隋唐，此類著作就更多了。到了清代，連《西廂記》和《水滸傳》，以及我們正在討論的這本中國最偉大的小說《紅樓夢》裡，都出現了「十錦春意香袋」，這在禁慾的時代，自然是有悖倫理的。難怪王夫人拿著香袋質問鳳姐的時候先是「含著淚」，再是「從袖內擲出」。鳳姐問一句「太太從哪裡得來」，王夫人見問，「越發淚如雨下」了。

一本性教育教材，何至於如此啊，直至上升到「性命臉面也要不要」的高度！看來，大家都被封閉太久了。王夫人出嫁的時候，箱底又何嘗沒有嫁妝畫或者壓箱底？誠如俗語所說：當木頭變成了斧柄，砍削的是同類！

愛情需要教育嗎？

拿這個問題問大儒錢鍾書，說不定他會抬頭「哦」一聲，然後，冷冷拋出《圍城》裡的一句話：「世間哪有什麼愛情，純粹是生殖衝動。」

好吧，錢老師連愛情都認為沒有，更別扯「愛情教育」了。

再拿這個問題問美籍德裔心理學家和哲學家弗羅姆（Erich Fromm），他指定要甩我一耳光：「我在一九五六年就出版了《愛的藝術》，你說需要不需要教育？」

想想弗羅姆老師脾氣應該不至於這麼暴躁，雖然他在前言中就說：「會使所有期望從這本書裡得到掌握愛的藝術祕訣的讀者大失所望。」但弗羅姆老師還說了：「如果不努力發展自己的全部人格並以此達到一種創造性傾向，那麼每種愛的試圖都會失敗。如果沒有愛他人的能力，如果不能真正謙恭地、勇敢地、真誠地和有紀律地愛他人，那麼人們在自己的愛情生活中也永遠得不到滿足。」

他說了，愛是一種能力。能力，是要培養的，不是與生俱來的。培養就是一種教育，寶黛的愛情就是缺少教育。

甭說寶黛了，二十一世紀的我們何嘗不是這樣？國文教科書裡關於愛情先是有意無意避諱，後來終有一點亮光，但也遮遮掩掩，穿插了幾首古典愛情詩歌，唯美虛構的成分太多。至於羅密歐與茱麗葉，國文老師是打死也不會講他們戀愛時的年齡的，班導師防學生談戀愛比防賊還厲害。除了杜絕這種情感的萌芽，我們毫無作為。

我們傳統社會裡的愛情教育始終處於空白狀態。

好吧，容我再抄一段。木心先生說：「伍爾芙夫人對《簡愛》的批評凶狠不留情，我以為《簡愛》還是好。一是情操崇高，二是適合年輕人讀，是好的愛情教科書。年輕時不愛看此書，完了——感情上看不懂《簡愛》，是個大老粗。對《少年維特的煩惱》、《簡愛》、《茶花女》、《冰島漁夫》這幾部愛情小說，如果看不懂，不愛看，那是愛情的門外漢門外婆，而且我可以判斷，他是個壞人，沒出息。西方就有這個好處：有這樣健康的愛情教科書。中國要不就道德教訓，要不就淫書，要不就帝王將相畫，要不就春宮圖……這幾本書，是愛情上的福音書。愛情在這個世界上快要失傳了。愛情是一門失傳的學問。」

你說木心先生的話偏激嗎？偏激，他之所以可愛就在於他的偏激。

那麼，愛情教育最好的方式是什麼呢？也許如木心先生所說，有一些健康的愛情教科書。可是，這樣的愛情教科書哪裡去找？更別說進入教材了。即便進了教材，也會被國文老師分析成道德與意識形態。學生想要愛情的理論支撐，只好去三流的言情小說甚至情色小說裡去找了。

在《紅樓夢》以前，確實如木心老師所說，所謂的愛情教育，要不是道德教訓，要不是春宮圖。幸好我們有一本《西廂記》，還有一本《牡丹亭》。可是，這種健康的愛情教科書別說在當時，就是現在，也會被人視為洪水猛獸：父親的靈柩還存放在普救寺裡，女兒就已經與別的男人眉來眼去，鴻雁傳書，成何體統！《牡丹亭》裡的杜麗娘，好好的閨房不待，遊什麼斷井頹垣的後花園呢，遊也就罷了，還做什麼夢呢？夢也就罷了，怎麼還「一夢不醒」甚而一命嗚呼了？

寶黛都讀過《西廂記》，也都知道《牡丹亭》，其中的經典摺子他們都聽過。

第二十三回，寶玉躲在桃花底下讀《西廂記》，被黛玉逮個正著。寶玉評價：「真真這是好書！你要看了，連飯也不想吃呢。」黛玉呢，「將十六齣俱已看完，自覺辭藻警人，餘香滿口」，「心內還默默記誦」。默默記誦，那可不是隨便的閱讀。寶玉藉著《西廂記》表白黛玉前，還問了黛玉：「妹妹，你說好不好？」黛玉的回答是：「果然有趣。」但當寶玉表白「我就是個『多愁多病身』，你就是那『傾國傾城貌』」時，黛玉嘴裡的「果然有趣」一下子就變成了「淫詞豔曲」。儘管她說的是玩笑話，但也可以看出社會道德對愛情的壓抑。

然而，愛情是壓抑不住的。

「則為你如花美眷，似水流年」，還有那「原來姹紫嫣紅開遍，似這般都付與斷井頹垣。良辰美景奈何天，賞心樂事誰家院。」喚醒的是青春，是生命。在荒蕪的社會倫理與道德面前，還有姹紫嫣紅的春天，有燦爛活潑的生命。

但他們的愛情教育也僅止於此。

寶玉愛黛玉，更像是一種精神寄託。愛，只有精神寄託是不夠的。寶玉的身邊有更加家庭氛圍的、男女性愛色彩的、充滿情慾氣息的襲人，寶玉對黛玉沒有那種性意味的愛情。他們有的是兩小無猜、爭嘴鬥鬧的精神刺激。（柯雲路《破譯命運密碼》）

寶玉口口聲聲對黛玉說「你放心」，說什麼「你皆因總是不放心的原故，才弄了一身病。但凡寬慰些，這病也不得一日重似一日」。（第三十二回）但是，寶玉做過什麼讓黛玉放心的事呢？

寶玉被打，黛玉去看他，半日，才抽抽噎噎地說：「你從此可都改了吧。」這句話，真虧曹翁想得出來，絕妙無比，令人回味無窮。誰曾想，寶玉的回答是：「你放心，別說這樣的話。就便為了這些人死了，也是情願的。」（第三十四回）敢問公子，「這些人」是指誰？

寶玉見了齡官，覺得她大有「林黛玉之態」，乃「不忍棄他而去，只管痴看」（第三十回）；見了金釧兒，「就有些戀戀不捨」（第三十回）；通判傅試有個妹妹傅秋芳，

「才貌俱全，雖自未親睹，然遐思遙愛之心十分誠敬」（第三十五回）；更不要說「還有什麼寶姑娘貝姑娘的」、「見了姐姐就把妹妹忘了」（第二十八回）；更令人受不了的是見了秦鍾，驚嘆「天下竟有這等人物」（第七回）；見了蔣玉菡，「嫵媚溫柔，心中十分留戀，便緊緊的搭著他的手」。我們當然可以把這些理解為寶玉對青春生命的欣賞，但是公子哥兒的毛病，他身上的確有不少。

所以，林姑娘放得了心嗎？

有人說，寶玉這是博愛。果真如此嗎？

什麼是博愛？弗羅姆說：「博愛就是對所有的人都有一種責任感，關心、尊重和了解他人，也就是願意提高其他人的生活情趣。」愛人即愛己，博愛是對所有人的愛，這種愛沒有獨占性。

很明顯，寶玉的愛不是博愛，他愛未出嫁的少女，愛嫵媚溫柔的公子；他不愛的更多：鬚眉濁物，出嫁了的女人……

寶玉不明白，在寶黛的愛情中，他始終沒有做過什麼。

愛情是一種行動，它首先是給，而不是得，給就是犧牲。

寶玉見黛玉的第一面就說「這個妹妹我見過的」，沒過多久，「遂強襲人同領警幻所訓雲雨之事」。史賓諾沙（Benedictus de Spinoza）說：「美德和控制自己就是一回事。」寶玉哪裡控制得住？這樣的德行，黛玉能放心嗎？

其實何止寶玉，我們所有的人都缺乏愛情教育，我們所謂的愛情都來自道德，那唯美的古典文學裡的愛情都欠一份地氣。

大觀園裡少了一節體育課

前面我說過，我不願意穿越到大觀園裡做班導師。為此，我列舉了很多原因，但是，有一個原因我沒有提到，那就是大觀園裡的兒女們身體素養太差了，他們很少參加體育活動。

比如林黛玉，就是大觀園裡的頭號「藥罐子」。

因母親死，「哀痛過傷，本自怯弱多病觸犯舊症，遂連日不曾上學」，因身體原因，一請假就是很多天。看得出來，黛玉之病與遺傳有關，母親早逝或許能說明點問題。

到了外祖母家，第一次與親戚們見面，結果不是醫生的親戚們都看得出來黛玉「有不足之症」，也就是中醫所謂的身體虛弱。黛玉自己也說：「從會吃飲食時便吃藥，到今日未斷，請了多少名醫修方配藥，皆不見效。」並且一直在吃「人參養榮丸」。身體虛弱，除了食補之外，體育鍛鍊當是最好的方劑。

上文提到的舊症是什麼？太醫院的王大夫診脈後說：「這病時常應得頭暈，減飲食，多夢，每到五更，必醒個幾次。日間聽見不干自己的事，也必要動氣，且多疑多懼。不知者疑為性情乖誕，其實因肝陰虧損，心氣衰耗，都是這個病在那裡作怪。」根本不需要做超音波、照X光，我們就知道這是肺結核。

黛玉的身體之差，不僅僅是肺結核這麼簡單。第八回中，她去看寶釵，紫鵑叫雪雁送來了暖爐，薛姨媽就說：「你素日身子弱，禁不得冷。」第二十九回，清虛觀打醮，時間還只是端陽節前後，她跟著外祖母出去一趟，「回家又中了暑」，「又」字說明中暑還不止一次。除此之外，黛玉腸胃也不好。第二十九回和寶玉鬧衝突，寶玉砸了他從王夫人肚子裡帶來的那塊寶玉，襲人勸了一句：「倘或砸壞了，叫他心裡臉上怎麼過的去？」黛玉聽到這話，覺得說到了自己心坎上，於是傷心大哭起來。剛剛吃下的香薷飲解暑湯便承受不住，「哇」的一聲都吐了出來。另外，她還有什麼「渾身火熱，面上作燒」（第三十四回），「每歲至春分秋分之後，必犯嗽疾」（第四十五回），「大約一年之中，通共也只好睡十夜滿足的」（第七十六回）等大小疾病。

黛玉的病伴隨了她短暫的一生，直到「焚稿斷痴情」時，處於內外交困的她難以自拔，令人感慨唏噓。但通觀整部《紅樓夢》，我們很少見到黛玉有什麼體力活動。

薛寶釵呢，相比黛玉，身體略好些，但也好不到哪裡去。周瑞家的去看她，她正生著病。發病時「只不過喘嗽些」，她說「那種病又犯了」，想必是氣喘。雖然「先天壯」，但也是先天性疾病，「從胎裡帶來的一股熱毒」，禿頭和尚開出一個海上仙方，號稱「冷香丸」。只是這海上仙方的製作煩不勝煩。

十二釵中的秦可卿，更是病得有名，病出了劉心武先生開創的一門「秦學」。第十回，婆婆尤氏就說：「那兩日，到了下半天就懶待動，話也懶待說，眼神也發眩，經期有兩月沒來。」還有張太醫那一段有名的「背醫書」，大抵是婦科病之類，身體也不好。雖然秦可卿在作者筆下有不同的死法，但是通行版中還是病死的。

還有在皇宮裡的元妃，回目中就赫然記錄著「染恙」。母親到皇宮去探望，「聖眷隆重，身體發福」、「時發痰疾。因前日侍宴回宮，偶沾寒氣，勾起舊疾。不料此回甚屬利害，竟至痰氣壅塞，四肢厥冷」、「豈知湯藥不進，連用通關之劑，並不見效」，自此香消玉殞。（第九十五回）惜春的身子骨也很弱。晴雯「仗著素日比別人氣壯，不畏寒冷，也不披衣，只穿著小襖……隨後出來」看月色，結果第二天就「有些鼻塞聲重，懶怠動彈」，「只管咳嗽」。醫生說這只「算是個小傷寒」，但她的抵抗力極差，乃至最終早逝，令人唏噓不已。就在晴雯患病不久，李紈「亦因時氣感冒」、「邢夫人又正害火眼」，湘雲亦因時氣所感，襲人呢，寶玉不小心一腳踹了她，即刻吐血。在現代醫學理論看來，這不是肺癆就是胃潰瘍，或者「肺吸蟲病」。

其他的女性就不一一列舉了。那男的呢？也好不到哪裡去。

賈寶玉因「從夢中聽見說秦氏死了，連忙翻身爬起來，只覺心中似戳了一刀的不忍，哇的一聲，直噴出一口血來」。雖然直接原因是情感突然受到刺激，但恐怕與身體差也有些關係。

賈瑞呢，就更別提了。調戲堂嫂王熙鳳不成，反受捉弄，邪心不改。「指頭告了消乏（手淫）」，最後「心內發膨脹，口中無滋味，腳下如綿，眼中似醋，黑夜作燒，白晝常倦，下溺連精，嗽痰帶血」，這是典型的遺精患者身體虛弱的臨床表現。本不是什麼大病，但是最後居然死於此，實在令人感慨。

當然，一兩次生病並不表示身體一定就差，不生病也並不能保證身體一定就好。但是毋須諱言，書中那些早逝的孩子，身體素養真的極其糟糕，誠如賈母說的「弱的弱，病的病」。

那我們不禁要問：這些孩子天天「上學上學」，難道他們就沒有體育課嗎？其實是有的，只是大家都不大當一回事。

第七十五回，賈珍因居父喪，「每不得遊頑曠蕩，又不得觀優聞樂作遣。無聊之極，便生了個破悶之法。日間以習射為由，請了各世家弟兄及諸富貴親友來較射」。騎射是當時滿蒙貴族的看家本領，也是他們祖傳的技藝。同時，騎射也是漢族傳統中重要的體育課內容。

早在周朝，王室就設立了叫「辟雍」的學校，諸侯設立了叫「泮宮」的學校，據說這些學校都臨近水塘和森林，以教導軍事知識為主，包括駕馭馬車和射箭。孔子就將射箭和駕車列入他的學習綱要中（禮、樂、射、御、書、數）。越往後，騎射就越來越脫離軍事活動，而成為體育活動的一種。據說溫柔敦厚、謙和有禮的孔老師射箭技術很高，並把射箭納入自己的禮教範圍內，說：「君子無所爭。必也射乎？揖讓而升，下而飲，其爭也君子。」

騎射既是中國古代體育教育的重要內容，賈珍這樣做，理應受到家族的讚許（何況他們家族還在武蔭之列），但為什麼我們還說他們不重視體育呢？

問題是賈珍這傢伙把好事辦成了壞事。他以射箭為由，硬是弄出一個賭局來。「白白的只管亂射，終無裨益，不但不能長進，而且壞了式樣」，他不知道，這樣做使得好好的體育課變成了「鬥雞走狗，問柳評花」，「天天宰豬割羊，屠鵝戮鴨，好似臨潼鬥寶一般，都要賣弄自己家的好廚藝好烹炮」。

參加體育課的學生當中，就有賈環、賈琮、寶玉、賈蘭四人，他們跟著賈珍習射過一回。談不上堅持，因為接下來所謂的習射課程完全變成了聚眾賭博。

不過也有做得好的。誰？賈蘭。

可以說，賈蘭是全書中最重視體育的一位學生——唯獨他在書裡兩次習射。別看他年紀小，第二十六回，寶玉出門，遇見兩隻小鹿箭也似的跑來，只見賈蘭在後面拿著一張小弓追了下來。寶玉對他說：「你又淘氣了，好好的射它做什麼？」賈蘭笑道：

「這會子不念書，閒著做什麼，所以演習演習騎射。」從這句話裡似乎看得出來，他讀書之餘，總是將演習騎射作為一種放鬆的方式。據清朝評家的點評，此時的賈蘭十一歲，但他已經非常懂得適當休息了。

說完這些，我們不禁要問：為什麼《紅樓夢》中體育不受重視？其實，我們現在不也如此嗎？

長安二年，即西元七〇二年，一代女皇武則天開武舉，其中的考試項目就有馬射、步射、平射、馬槍、負重等，「高第者授以官，其次以類升」。但那又怎樣呢？連歐陽脩主持編撰的《新唐書．選舉志》中都說：「其選用之法不足道。」書中關於武舉的記載，九十餘字而已。自宋以來，文官制度日益興盛，相比之下，武舉就不受待見了，從而導致中國人的身體素養每況愈下。

我們現在的體育與大觀園裡相比，不樂觀地說，好不了多少。我們體育課有多少節堂而皇之地為大考讓了路？好在現在的女孩子們不需要謹守在香閨之中，她們可以結伴爬山，可以穿著比基尼游泳，可以去逛大街，不然的話，她們的身體素養說不定還不如釵黛等人呢！

寶玉是怎樣進行應試教育的

寶玉居然也有國文應試教育？沒錯。別看他是「鐘鳴鼎食之家，詩禮簪纓之族」的富家公子，別看他口口聲聲說什麼八股文是「誆功名，混飯吃」的工具，說什麼「代聖人立言」。畢竟他生活在科舉社會的大環境、大背景下，參加科舉考試，於他反倒覺得更真，因為他難有別的選擇。畢竟，透過考試這條路走出去是古今共同的觀念，雖然寶玉從沒想過要走出去，何況他也走不出去，出家或者死亡也許就是他的歸宿。

寶玉同學特別討厭傳統教育，可是現實卻由不得他。正如現在參加大考的學生，許多人也是被趕鴨子上架的。賈政是傳統教育的既得利益者，當初賈政的父親去世的時候，「皇上因恤先臣，即時令長子襲官外，問還有幾子，立刻引見，遂額外賜了這政老爺一個主事之銜，令其入部習學」。關鍵是，他們這一大家族裡，還有讀書人的榜樣——林如海，林如海可是前科探花。於是，賈政非要把寶玉拉到傳統教育的軌道上來不可，並因此埋下了父子衝突的種子。

那寶玉的國文應試教育是如何完成的呢？

第一步，自然是和窮人家的孩子沒什麼區別，送到私塾裡去讀書，確切地說，是背書，且美其名曰「入學攻書」。攻什麼書？最早應該是《三字經》、《百家姓》、《千字文》之類的識字課本，由於寶玉同學的基礎比較好，悟性高，關鍵還有一個好姐姐——「那寶玉未入學堂之先，三四歲時，已得賈妃手引口傳，教授了幾本書數千字在腹內了」。（第十七回至十八回）所以，他很容易就把這一批簡單的識字課本解決了，而轉去讀較難一點的書了。再說，這一切其實早被他那位以八股舉業立身處世別無所能的老爹賈政安排好了，「什麼詩經古文，一概不用虛應故事，只是先把『四書』一氣講明背熟，是最要緊的」。（第九回）

但是，不能光在私塾裡搖頭晃腦讀「四書」吧？寫八股文不是需要練習嗎？練習八股文的第一步，就是作對子，又稱作對課。

這是應試作文（八股文）必須要經過的第一個步驟。貌似很簡單，詞性相對，字數相同，其實很難，難的是氣魄胸懷。舉人出身還考過進士的北京大學校長蔡元培先生有一段回憶有關對課的文字：「對課與現在的造句法相近。大約由一字到四字，先生出上聯，學生想出下聯來。不但名詞要對名詞，形容詞要對形容詞，動詞要對動詞，而且

每一種詞裡面，又要取其品性相近的……這一種工課，不但是作文的開頭，也是作詩的基礎。」（《蔡元培選集》）

第九回，私塾老師賈代儒老先生家裡有事，走之前留了一個上聯給學生，可惜書裡沒有寫清楚上聯是什麼。晚清時候，紹興一家叫三味書屋的私塾裡，壽鏡吾老師也留下了上聯給學生，叫「獨角獸」，學生給出的下聯五花八門，「四眼狗」、「六角蟹」、「九頭鳥」之類，應有盡有。只有一個叫周樟壽的學生對的下聯「比目魚」，才引起壽老先生的連連叫好。「比」和「獨」是數詞，「目」和「角」是器官名詞，「獸」和「魚」，一為陸地動物的統稱，一為水下動物的統稱，這三個字連起來也很和諧。這位學生後來改名周樹人，字豫山，因為被同學叫成「雨傘」，後改豫才，一九一八年經不住朋友的軟硬兼施，寫了一篇叫〈狂人日記〉的小說，署名魯迅，從此大家都知道了他。

其實，對課並不是老師出上聯，然後拍拍屁股走人了事，它的學習也是有步驟的。清人崔學古撰寫了一本書，名《幼訓》，把對課就分成了三個步驟：訓字，立程，增字。

所謂訓字，就是挑出一個字來，將意思告訴給學生，然後禁止學生翻書，先立意，再對對，其間不能輕易改動；所謂立程，說白了就是擴大閱讀量，後來出現了《聲律啟蒙》、《笠翁對韻》，這兩本書便成了必讀書目，其他的如古今名對及詩話，也須細玩熟讀；所謂增字，即增加字數，比如教師出上聯「虎」字，學生對「龍」字，教師再出「猛虎」，學生接「神龍」，教師繼續加字「降猛虎」，學生也相應地在下聯中添加字數，如「豢神龍」。

寶玉的對聯功夫如何？看來是有兩下子的。第一，他詩作得好，有對聯的基本功。第二，他現場對對子贏得了一片讚譽，主要展現在〈大觀園試才題對額〉裡。其他同學呢？賈環不怎麼樣，老師布置的作業都完成不了，還要寶玉幫忙，最後還給寶玉買了蟈蟈作為答謝。賈蘭的水準也不算太高，差強人意。

作對子在用字、修辭、語法、邏輯等方面，確能訓練學生的語言能力，對寫一般文章也是大有好處的。

這個好處，大師陳寅恪先生說得最到位。

一九三三年暑假，劉文典先生請陳先生擬清華大學的入學考試題目，除了「夢遊清華園記」的作文題外，陳先生還出了個上聯「孫行者」，一時「輿論大嘩」，陳先生便作〈與劉叔雅論國文試題書〉，洋洋灑灑，甲乙丙丁，縝密極了。他說：「真正中國國文文法未成立之前，似無過於對對子之一方法。此方法去吾輩理想中之完善方法，固甚遼遠，但尚是誠意不欺，實事求是之一種辦法，不妨於今夏入學考試時，試一用之，以測驗應試者之國文程度。」他舉出對對子的四個好處：第一是「對子可以測驗應試者，能否分別虛實字及其應用」；第二是「對子可以測驗應試者，能否分別平仄聲」，這一點，陳先生還強調說是最重要的，可是現在且不說高中畢業生，即便國文老師都分辨不清了；第三是「對子可以測驗讀書之多少及語藏之貧富」；第四是「對子可以測驗思想條理」。

除了對課之外，還有一個練習也是必做的：猜詩謎。這可不是為了加強課堂氛圍，提升學生積極性，而是純粹為將來的應試作八股文做準備，幫助學生理解詩文語句的含義。猜詩謎對八股文中的「破題」很有幫助。

恰好，《紅樓夢》中也有這樣的詩謎。元妃在元宵省親之後，從宮裡送出燈謎，賈政、探春、黛玉等人都做了相應的燈謎，有自己猜的，也有送進宮去的。比如，頗有八股文基礎的賈政先生，他的燈謎謎面是：

身自端方，體自堅硬。
雖不能言，有言必應。

完成了這兩大步，接下來，寶玉他們就要開筆學寫八股文了。寫之前，還是讀，讀狀元、榜眼、探花的。有人在經營此類教輔材料，如大作家方苞老師就主編過《欽定四書文》，由皇帝愛新覺羅·弘曆親自審定，頒布天下，成了天下學子的必讀書。

關於讀、學八股文，《紅樓夢》中寫得不夠精采，倒是《儒林外史》第十一回〈魯小姐制義難新郎〉中有一段很有意思的描寫，不妨拿來看看：「魯編修因無公子，就把女兒當作兒子，五六歲上請先生開蒙，就讀的是「四書五經」；十一二歲就講書、讀文章，先把一部王守溪的稿子讀得滾瓜爛熟。教他做『破題』、『破承』、『起講』、『題比』、『中比』成篇。送先生的束修。那先生督課，與男子一樣。這小姐資性又高，記性又好；到此時，王、唐、瞿、薛，以及諸大家之文，歷科程墨，各省宗師考卷，肚裡記得三千餘篇。」魯小姐能記得這麼多，大有誇張的嫌疑。但是，肚子裡沒有個數百篇，一般角色恐怕是不敢上考場的。

魯小姐的父親魯編修告訴她：「八股文章若作得好，隨你作什麼東西，要詩就詩，要賦就賦，都是一鞭一條痕，一摑一掌血。若是八股文章欠講究，任你做出什麼來，都是野狐禪、邪魔外道！小姐聽了父親的教訓，曉妝臺畔，刺繡床前，擺滿了一部一部的文章；每日丹黃爛然，蠅頭細批。人家送來的詩詞歌賦，正眼兒也不看他。家裡雖有幾本什麼《千家詩》、《解學士詩》以及東坡、小妹詩話之類，倒把與伴讀的侍女采蘋、雙紅們看；閒暇也教他謅幾句詩，以為笑話。」魯小姐的讀書狀態正是很多學子的讀書狀態，包括賈蘭。寶玉是反對的，所以不在其列——必須要說明的是，書中說的「詩詞歌賦正眼不看」基本上也是誇張加諷刺。可惜的是，魯小姐的夫君蘧公孫不僅不善八股，還對此毫不在意，頗為有趣。

對課上了，詩謎課上了，八股文的範文也讀了，寶玉、賈蘭、賈環等人接下來就該真正開筆作文章了。

第八十四回，「賈政此時在內書房坐著，寶玉進來請了安，一旁侍立。賈政問道：『這幾日我心上有事，也忘了問你。那一日你說你師父叫你講一個月的書就要給你開筆，如今算來將兩個月了，你到底開了筆沒有？』寶玉道：『才作過三次。師父說且不必回老爺知道，等好些再回老爺知道罷。因此，這兩天總沒敢回。』賈政道：『是什麼題目？』寶玉道：『一個是〈吾十有五而志於學〉，一個是〈人不知而不慍〉，一個是〈則歸墨〉三字。』賈政道：『都有稿兒麼？』寶玉道：『都是作了抄出來，師父又改的。』」

這算是寶玉正式練習八股文寫作的開始。如果他寫熟練了，得到了老師或者行家的認可，就可以上考場了。這就是寶玉在應試教育方面的基本學習流程。當然，要完成這一流程的，也不僅僅是他。

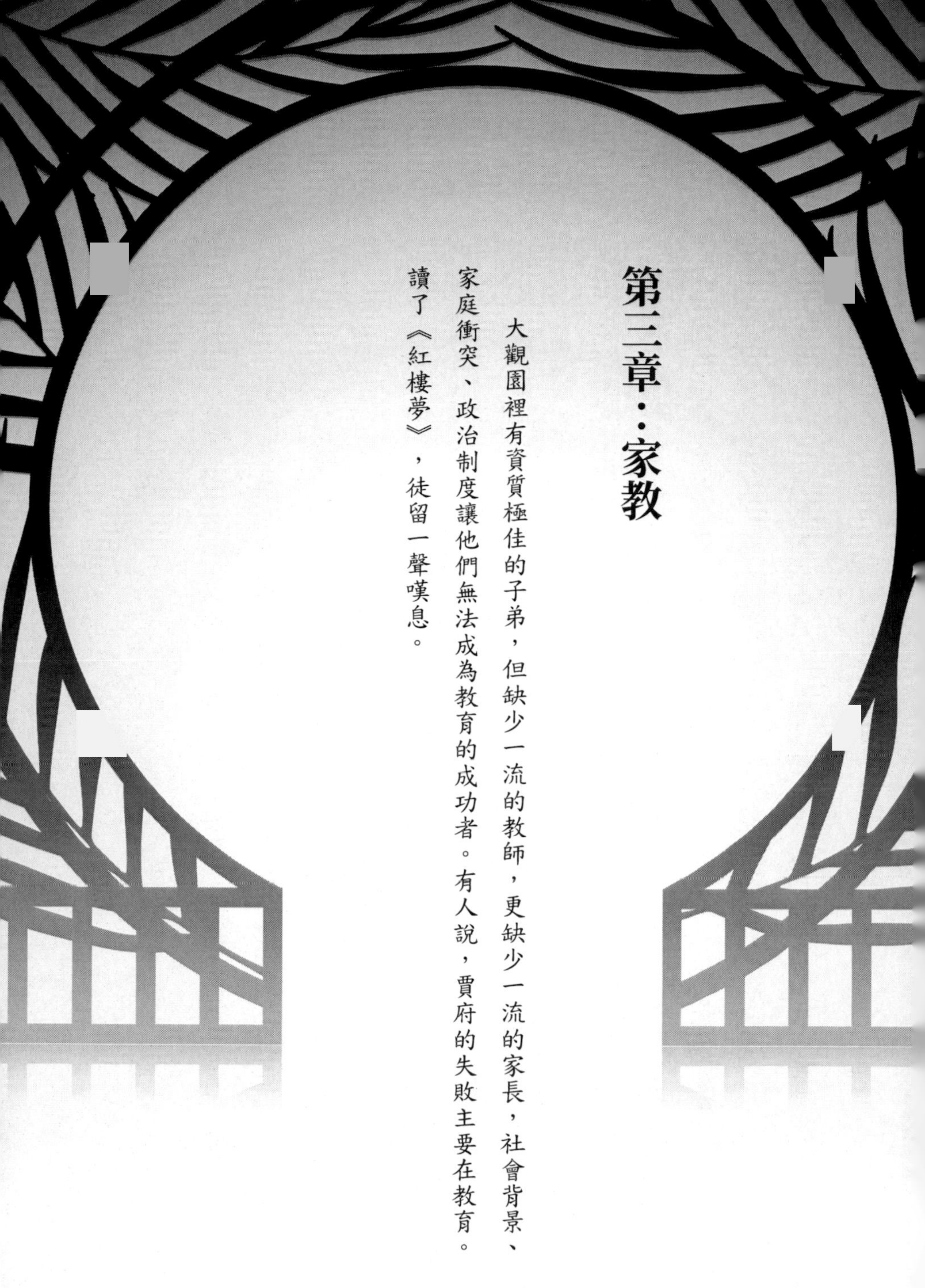

第三章：家教

大觀園裡有資質極佳的子弟，但缺少一流的教師，更缺少一流的家長，社會背景、家庭衝突、政治制度讓他們無法成為教育的成功者。有人說，賈府的失敗主要在教育。讀了《紅樓夢》，徒留一聲嘆息。

薛姨媽的教子觀

薛蟠是《紅樓夢》中的富二代。在書中還沒有正式登場，名字就與一場人命官司連在了一起。他就是所謂的「坑爹一代」——不，他沒爹可坑，他的父親早已去世，但是親娘舅、姨老爺卻差一點被他坑了。

我們來看一下這個富二代都做了些什麼。

第一件事就是將人活活打死，他身上背負著兩條人命。

甄士隱的女兒甄英蓮在元宵夜被人抱走，養到十幾歲才賣。人口販子先將她賣給鄉紳之子馮淵，繼而賣給薛家。馮家人財兩空，自然不樂意，於是找賣主。但是，「薛家原係金陵一霸，依財仗勢，眾豪奴將我小主人（馮淵）竟打死了。凶身主僕已皆逃走，無影無蹤」。這話是馮家人說的。他們說的「逃走」，其實應該是「瀟灑地走」。賈雨村判案的時候，小門子對他說：「這薛公子的混名人稱『呆霸王』，最是天下第一個弄性尚氣的人，而且使錢如土，遂打了個落花流水，生拖死拽，把個英蓮拖去。」、「最是天下第一個」之類的話，這是一個沒有利益勾連的局外人的評價。

但是，這一行為的背後深含了一個問題：事情為什麼會發展到這種地步？

原因是「薛公子，亦係金陵人氏，本是書香繼世之家，只是如今這薛公子幼年喪父，寡母又憐他是個孤根獨種，未免溺愛縱容」。

想起阿德勒在《自卑與超越》中說的第二種孩子：被嬌寵的孩子。他說：「被嬌寵的兒童多會期待別人把他的願望當作法律看待，他不必努力就能成為天之驕子，通常他還會認為與眾不同是他的天賦權利。結果，當他進入一個不是以他為眾人注意中心的情境，而別人也不以體貼其感覺為主要目的時，他即會若有所失而覺得世界虧待了他。他一直訓練只取不予，而從未覺得學會用別的方式來對待其他問題。而別人老是服侍他，使得他失去了獨立性，也不知道自己能做些什麼事情。」

「溺愛縱容」的結果就是，「今年方十有五歲，性情奢侈，言語傲慢。雖也上過學，不過略識幾字。終日惟有鬥雞走馬，遊山玩水而已。雖是皇商，一應經濟世事，全然不知，不過賴祖父之舊情分，戶部掛虛名，支領錢糧，其餘事體，自有夥計老家人等措辦」。

這樣的結果，身為母親的薛姨媽是負有無法推卸的責任的。

首先，就是財富教育不到位。要說對於長大的薛蟠，母親薛姨媽沒法管或者管不了，倒情有可原，但「今年方十有五歲，性情奢侈，言語傲慢」，就有點說不過去了，可薛姨媽卻發自內心沒打算去管她兒子。第八回，寶玉去看寶釵，問薛姨媽：「哥哥不在家？」薛姨媽嘆道：「他是個沒籠頭的馬，天天忙不了，那裡肯在家一日。」她非常清楚自己兒子的習性，但她就是不想去管。薛姨媽讓我想起了《大宅門》裡的白文氏，但是她沒法和白文氏比。白文氏管著那麼大的一個家族，並且還要打理百草堂的生意，但她仍要擠出時間去管兒子白景琦。老師被兒子轟走了，就再請一個，直到請來了季宗布。更有甚者，白文氏把兒子白景琦直接趕出家門，逼著他在濟南做出一番事業來。薛姨媽呢？皇商生意，自有老家人打理，她有足夠的時間管教兒子，但卻沒有好好管教。她這是失職。

有沒有時間教子，還不是最重要的，最重要的是教子的觀念。

薛姨媽的教子觀念極有問題。兒子打死馮淵之後，「他便帶了母妹竟自起身長行去了。人命官司一事，他竟視為兒戲，自為花上幾個臭錢，沒有不了的」。身為母親的薛姨媽沒有任何表態。

薛公子殺人如草不聞聲，逍遙法外、肆無忌憚地進了京城。母親不知道有些教訓是一定要吸取的，有些苦頭是一定要吃的，有些彎路其實就是捷徑，但她都讓自己的兒子錯過了。

薛蟠因為懼怕舅舅王子騰和姨爹賈政的管束，想著人打掃自己的房子，單獨居住。薛姨媽知道兒子的「不良心思」嗎？知道的。她說：「守著舅舅姨爹住著，未免拘緊了你，不如你各自住著，好任意施為。」知道兒子的目的，了解兒子的想法，也算是「知子莫若母」了。但薛姨媽阻攔了嗎？沒有。她錯失了一個機會。薛姨媽應該向王子騰和賈政尋求幫助管教兒子，可是她卻繼續默認兒子的任意妄為。

她說道：「你既如此，你自去挑所宅子去住，我和你姨娘、姊妹們別了這幾年，卻要廝守幾日，我帶了你妹子投你姨娘家去，你道好不好？」人命官司剛剛了結，兒子就要單獨去外面「任意施為」，不想過「拘緊」的生活，身為母親，薛姨媽不管也就罷了，但她居然就自己的進京住宿問題還要徵詢兒子：「你道好不好？」

夫死從子，做到這個地步，應該變味了吧？

薛姨媽，娘家是王家，夫家是薛家，都是富貴之家，難道連《列女傳》都沒讀過？不會連「孟母三遷」的典故也忘記了吧？

到了賈府，進了私塾，賈代儒老師點名上課，但是幾乎見不到薛蟠的身影。「不上一月的光景……凡是那些紈絝習氣者，莫不喜與他來往，今日會酒，明日觀花，甚至聚賭嫖娼，漸漸無所不至，引誘得薛蟠比當日更壞了十倍。」他真的就一點也不想悔過嗎？

有的。第三十四回，薛蟠一句「你這金要揀有玉的才可正配」，把妹妹惹哭了。後來道歉的時候薛蟠說：「從今以後我再不同他們一處吃酒閒逛如何？」薛姨媽的話是：「你要有這個橫勁，那龍也下蛋了。」於是薛蟠一段賭咒發誓，說再怎麼樣，「媽為我生氣還有可恕，若只管叫妹妹為我操心，我更不是人了。如今父親沒了，我不能多孝順媽多疼妹妹，反教娘生氣妹妹煩惱，真連個畜生也不如了。」「眼睛裡禁不起也滾下淚來」。

此刻，我相信薛蟠是真誠的，思及悔改，可是做母親的一點也不信任他。殊不知，兒子此刻需要的正是母親的支援。對薛蟠來說，這樣的時刻可以說是他人生中僅有的一次。

第四十七回，薛公子在賴大家的酒席上碰到柳湘蓮，又動了慾念，被柳湘蓮騙到北門外的葦子坑打了個半死，賈蓉帶人找到他時，只見他「衣衫零碎，面目腫破，沒頭沒臉，遍身內外，滾的似個泥豬一般」。賈蓉說：「薛大叔天天調情……」「天天」兩字，雖是玩笑話，但也反映了這個「呆霸王」的向來作風。此後，連賈珍都知道「他須得吃個虧才好」。做母親的，最看不得兒子吃虧，最捨不得兒子吃虧，這就是富家子弟家教中的最大問題之一。

問題是，像薛蟠這樣的人，即便吃過虧，也不會長進啊！

「薛姨媽又是心疼，又是發恨，罵一回薛蟠，又罵一回柳湘蓮，意欲告訴王夫人，遣人尋拿柳湘蓮。」兒子是罵了，可惜曹公沒寫出來是怎麼個罵法。「你窩囊，連個柳湘蓮都打不過」，也是一種罵法。薛姨媽發恨，但不知道恨的是什麼，恨丈夫死得早？恨當年自己沒有好好調教兒子？應該不是。倘若這麼早就清醒了，薛姨媽斷不會告訴王夫人「遣人尋拿柳湘蓮」。

幸好，通情達理的薛寶釵及時制止了她這一糊塗做法。

第二條人命，張三。薛蟠喜歡的戲子蔣玉菡被酒店裡的跑堂張三多瞅了兩眼，薛蟠氣不過，第二天便跑去為難張三。這個愛好「男風」的不良癖好，可真為他惹了不少麻煩。他「拿起酒碗照他打去」，把人一碗砸死了。下手之重，後果之慘，不堪設想。這樣的大罪，薛蟠已經是第二次犯了。做母親的薛姨媽為救兒子可謂雷厲風行。但薛蟠的態度跟無事人一樣：「必須衙門再使費幾次，便可回家了。只是不要可惜銀錢。」聽這富二代的口吻，彷彿銀子就像春天的雨水那樣嘩嘩嘩地下到了他們家的院子裡。第九十回，薛蝌前來向薛姨媽報告薛蟠殺人的事情，薛姨媽說了一句話，字裡行間沒有太多的感情，死心一般的冷靜。她說：「我雖有兒，如今就像沒有的了，就是上司准了，也是個廢人。」廢人的評價，真的是恰如其分，又應了那句「知子莫若母」的古話了。

有版本說薛蟠最後被賈雨村判處死刑。憑他身上兩條人命，不冤。他不是死於「敵手的鋒刃，也不是死於不知何來的暗器」，更不是「戰友亂發的流彈，病菌並無惡意的侵入」，而是死於「慈母誤進的毒藥」。（《魯迅全集》）

只是，不知道那個時候，薛姨媽有沒有看見這一幕？

想起我曾經讀過的一篇小古文〈芒山盜〉：

宣和間，芒山有盜臨刑，母親與之訣。盜對母云：「願如兒時一吮母乳，死且無憾。」母與之乳，盜齧斷乳頭，流血滿地，母死。盜因告刑者曰：「吾少也，盜一菜一薪，吾母見而喜之，以至不檢，遂有今日。故恨殺之。」嗚呼！異矣，夫語「教子嬰孩」，不虛也！

慈母多敗兒啊！可惜的是，薛蟠恐怕臨終也不會悔悟，他依舊會想為什麼母親、姨丈和舅舅沒有救他？

賈政是個好父親

我見過不少奇葩的家長。

舉一例。有個學生病了，我打電話給其母，其母在外地出差，再打電話給其父，未接。於是，我先送學生到醫院，看完病，將其送到家。原以為家裡沒人，學生開了門才發現裡面煙霧繚繞，原來其父在家玩麻將，手機沒來得及看。其父也不起身，只說：「老師坐會兒嗎？兒子先回房休息一下，待我打完這兩圈就好了。」我哪敢坐，交代之後趕緊逃離。

當時就想，幾百年前的小說《紅樓夢》裡令讀者討厭的賈政，也要比二十一世紀的這類父親做得好很多啊！

是的，身為父親的賈政其實還是不錯的，雖然談不上優秀。他只是那個醬缸裡的一個普通人，不可能看到很遠，所以他做的事情都是從當時的倫理道德出發的。

冷子興說賈政「自幼酷喜讀書」、「欲以科甲出身」，這不是什麼壞事吧？誠如現在的大學生畢業後努力寫申論，做行政能力測試的試卷，想考個公務員，這樣做只不過想生活得輕鬆一點，能捧個鐵飯碗。

在妹夫林如海的眼裡，「其為人謙恭厚道，大有祖父遺風，非膏粱輕薄仕宦之流」，這個評價，賈政是當得起的。至於「頑固」、「腐朽」之類的說辭，那是後人不切實際高談闊論罷了。

身為家長，賈政有一點就做得很好：他營造了具有較高文化品味的家風。讀者諸君，請問你老爸老媽留過多少藏書給你？賈政比那個襲著官、做著族長工作還要硬搶老太太身邊的鴛鴦的賈赦要好很多，他對於自己的女兒、姪女和外甥女的文化活動，從不干涉，也不阻攔，不像他的親家、身為國子監祭酒的李守中老師——那可是相當於臺大校長級別的人，說什麼「女子無才便是德」（第四回），賈政可從沒說過這種話。

這一點上他的確很有功勞。

另外，賈政是一個關心兒子學業的父親。讀者諸君，你如果有孩子，不妨想想，你參加過幾次孩子學校安排的親子活動或家長會？

還有，元春的培養，雖然貢獻最大的可能是賈母，但賈政也應該有一份功勞。

當然，不得不承認賈政很嚴厲。第八回，寶玉在薛姨媽那裡喝酒，被奶媽提醒，一句「你可仔細老爺今兒在家，提防問你的書」就把他嚇得不輕。一聽見父親叫自己，寶玉就像被打了一個焦雷。寶玉之所以怕他父親，有兩個原因，一是怕見到賈雨村這類人，二是怕賈政過問他的學業。

不僅如此，從外面工作回來，賈政還要檢查寶玉的書法情況。（第七十回）

可是，讀「四書」、練書法，那都是為了科舉啊！賈政說過，「那怕是再念三十本《詩經》，也都是掩耳偷鈴，哄人而已……什麼詩經古文，一概不用虛應故事，只是先把「四書」一氣講明背熟，是最要緊的。」這是否太功利了？

然而，功利又怎麼了？一切為科舉又怎麼了？強調科舉就不是好父親了？你見過幾個家長在孩子大考的時候允許孩子去讀《金瓶梅》之類的禁書？賈政只是履行了一個父親在那個時代應該履行的職責而已。

再來說說賈政對寶玉大動板子這件事。大家一提起這事，就說賈政是「封建衛道士」，這實在是一種道德綁架。

首先要問的是寶玉該不該打？

我只想說單就「表贈私物，流蕩優伶」一項，寶玉就該打。

看到寶玉見雨村時無精打采，聽到賈環對寶玉的汙蔑之詞，便心懷不滿。那是對賈政的誤解。政壇中的賈政有著極其靈敏的感覺。還記得第十六回嗎？賈政生日那天，寧榮兩府人物齊集慶賀，熱鬧非凡，因一句「有六宮都太監夏老爺來降旨」，「唬得賈赦賈政一干人不知是何消息，忙止了戲文，撤去酒席，擺了香案，啟中門跪接」。賈母也許忘記了自己「闔家人等心中皆惶惶不定」，但是，長期在政壇的賈政怎麼會忘記呢？

寶玉犯了政治大忌，打，本身就是一種特殊教育。也許賈政讀過司馬光的《涑水紀聞》。這本書裡說，寇準小時候「不修小節，頗愛飛鷹走狗。太夫人性嚴，嘗不勝怒，舉秤錘投之，中足流血，由是折節從學」。寇準的母親可謂是一秤錘砸出了一個宰相。

更何況，賈政的打是有深意的。這頓打，寶玉是逃不掉的，因為他們父子二人的衝突由來已久，可以說從寶玉抓週那一刻就已經開始了。面對抓到脂粉釵環的寶玉，賈政說：「將來酒色之徒耳。」父子衝突從此埋下種子。賈政打寶玉實在是積恨已久，對寶玉太失望。我們要清楚的是，賈政打寶玉絕不是因為工作不如意回家耍潑，也不是一時的衝動，他之所以憤怒失望，完全是為整個賈府著想，為的是家族的利益問題。冷子興在第二回中說「這樣鐘鳴鼎食之家，翰墨詩書之族，如今的兒孫，竟一代不如一代了」，這種「一代不如一代」的危機感，體會最深的不是王熙鳳，更不是探春，而是賈政。賈政深刻明白，家族的發展才是真正意義上的頭等大事。他對寶玉的這頓打，可謂是愛之深責之切。對此，劉再復先生對賈政的評價深得我心：「具有家族責任感的賈政，其焦慮是可以理解的。他焦慮的是『家族』，而不是制度。寶玉不是反封建的自覺戰士，賈政也不是維護封建制度的自覺衛士，他只是一個自覺的有責任感的家族的優秀子孫。」

身為父親，賈政深愛自己的兒子，包括死去的賈珠。

聽完妻子的哭訴，他「不覺長嘆一聲，向椅上坐了，淚如雨下」。這「淚如雨下」幾個字，何嘗不飽含著深厚的父愛與責打過嚴的悔恨？王夫人哭著喊賈珠的名字，賈政聽了，「那淚珠更似滾瓜一般滾了下來」，後來，「自悔不該下毒手打到如此地步」。

誰能不說「打在兒身，也痛在爹身」？

就在打之前，賈政對寶玉的愛，對寶玉的教育，也是放在心上的。

第十七回至十八回，〈大觀園試才題對額〉，賈政有意試寶玉。寶玉「雖不喜讀書，偏倒有些歪才情似的」。賈政對寶玉「專能對對聯」是欣賞的，只是他放不下「聖人相」。賈政自己也是一個讀書人，在蘅蕪苑題額的時候，寶玉說出「吟成荳蔻才猶豔，睡足荼蘼夢也香」，賈政立刻就說：「這是套的『書成蕉葉文猶綠』，不足為奇。」這一句引文，蔡義江先生都說「未詳何人做，當是明清人句」，出自當時的一本蒙學著作《時古對類》。值得指出的是，他這句話表面否定，實則暗含了對兒子的肯定。劉再復先生的《紅樓人三十種解讀》中，賈政就在讀書人之列。作家董橋也說「試才題對額裡說的那些話儘管矯揉造作，到底十足讀書人的口吻」（董橋《這一代的事》）。直到第七十七回，賈政帶著寶玉、賈環、賈蘭去參加社交活動的時候，還說「寶玉讀書不如你兩個，論題聯和詩這種聰明，你們皆不及他」。雖然口吻裡瞧不起「這種聰明」，但也從側面反映了他對兒子是了解的。還有一點就是，他讀過書，有詩識。劉再復先生就說：「只要平心而論，都會覺得賈氏這對父子並非等閒之輩，一個有詩才，一個有詩識，兩個對長篇歌行都有真知。賈政注意到長詩不可靠辭藻堆砌，這是對的，寶玉說理雖如此，但也要些辭藻點綴，這一見解也是對的。賈政點到『連轉帶煞』即注意到長歌轉快且要煞得住的難點，而寶玉立即付諸『實踐』，轉得乾脆俐落，難怪眾清客要『拍案叫絕』。」

在「試才題對額」裡，有一個細節特別打動我。父子進大觀園，賈政「命賈珍在前引導，自己扶了寶玉，逶迤進入山口」。這扶著寶玉的父親，難道不是一個慈父的形象嗎？

接下來，一路的題聯，賈政句句不滿意，實則多有讚賞。這比表面空泛的「你真棒」、「你太了不起了」更加實在。

越到後來，賈政越能理解自己的兒子。這是一個父親最偉大的地方。「近日賈政年邁，名利大灰，然起初天性也是個詩酒放誕之人，因在子姪輩中，少不得規以正路。近見寶玉雖不讀書，竟頗能解此，細評起來，也還不算十分玷辱了祖宗。就思及祖宗們，各各亦皆如此，雖有精深舉業的，也不曾發跡過一個，看來此亦賈門之數。況母親溺

愛，遂也不強以舉業逼他了。」（第七十八回）

是不是挺溫暖的一段文字？

〈老學士閒徵姽嫿詞〉一回，對賈蘭的七言絕句，賈政說，「也還難為他」，這是溢於言表的喜歡。不僅如此，在第七十五回中，賈政得知賈珍在學習騎射，便說：「文既誤矣，武事當亦該習，況在武蔭之屬。」他對家族的武事榮耀念念不忘，於是就指派賈環、賈琮、寶玉、賈蘭去習射。回到〈老學士閒徵姽嫿詞〉，賈政對賈環寫的五言律的評價是「不甚大錯」，說明也是內心滿意。對寶玉更是一派慈父的溫情：「提筆向紙上要寫，又向寶玉笑道：『如此，你念我寫。若不好了，我捶你那肉。誰許你先大言不慚了！』」這個「笑」，正展現了一個父親的情趣。

不僅如此，賈政對自己的女兒元春也多有憐惜。元妃省親是元春唯一的露面，很多人對賈政的那一段話多有批評，認為他迂腐。固然賈家不是什麼他說的「草芥寒門，鳩群鴉屬」，但是字裡行間我們依舊可以感受到一個父親為女兒能成為貴妃而感到的驕傲。只是囿於國禮，不敢抒發而已。就連寶玉見姐姐，不也先要太監引進來先行國禮嗎？

我們再留意一下後四十回中的第八十一回。賈政親自把寶玉送到賈代儒那裡，對賈代儒說：「我今日自己送他來，因要求託一番。這孩子年紀也不小了，到底要學個成人的舉業，才是終身立身成名之事。如今他在家中只是和些孩子們混鬧，雖懂得幾句詩詞，也是胡謅亂道的；就是好了，也不過是風雲月露，與一生的正事毫無關涉。」賈政的觀點有值得商榷之處，但對寶玉的殷殷之情則不需要懷疑。第八十四回〈試文字寶玉始提親〉中，賈政雖然與前面「遂也不強以舉業逼他」的做法有點矛盾，但輔導寶玉學業時也是細緻入微的。

父親細心指導兒子的作業，一一舉出文章中的不足，出題給兒子的同時，自己也「站著作想」，你見過幾個給兒子出作文題自己還站在那裡構思的父親？

當然，這樣說未必表示賈政就沒有缺點。他最大的問題就是不公平！對賈環，幾乎看不出來有半點父愛。「賈環見了他父親，唬得骨軟筋酥，忙低頭站住」（第三十三回）。兒子見了父親嚇成這個樣子，父親是有責任的（當然，賈政是一個正直之人，這也是賈環被震懾住的原因之一）。他看見賈環形容猥瑣、獐頭鼠目，再想到寶玉，更覺得賈環不如人。顏之推在家訓裡說：「人之愛子，罕亦能均，自古及今，此弊多矣。賢俊者自可賞愛，頑魯者亦當矜憐。有偏寵者，雖欲以厚之，更所以禍之。」這話在今天看來無疑還具有很強的現實意義。

我們常說「父愛如山，沉默不語」，這或許是中國人情感內斂的習慣所導致的結果。我們沒有辦法要求賈政做到像汪曾祺筆下那樣「多年父子成兄弟」，更不可能要求他像魯迅先生筆下的父親那樣「自己背著因襲的重擔，肩住了黑暗的閘門，放他們到寬闊光明的地方去；此後幸福的度日，合理的做人」。（《魯迅全集》）在評價身為父親的賈政時，即便我們不喜歡，也不能輕易為他貼上「封建頑固」之類的標籤。我們在看《白蛇傳》時，都討厭法海，而一旦自己的子女違逆了我們的意志與人發生戀愛（毋庸說「妖精」了），想必我們會表現得比法海更可惡。

無法承受的家族之重

大考結束後到成績出來前的那幾天，我的手機總算處於安靜的時候多一些。成績出來後，手機又開始繁忙起來。因為學生在填報志願時，常常與父母產生分歧，最後會求助於我。我的學生比較信服我，總是找我，需要我給他們一些建議。在填報志願方面，我是「興趣派」，告訴學生，自己喜歡什麼就報什麼。我甚至還有一個自創的「丐幫」理論：只要你學得好，哪怕乞討，你都可以成為丐幫幫主。但是家長總是要求孩子報那些他們認為就業形勢好的專業，幾乎全是工商、經濟、財會類，不管孩子喜歡不喜歡、熱愛不熱愛。如果讀書只剩下一個目標，我想那該多無趣啊！

不由得又想到了寶玉，他為什麼不愛讀教科書呢？他那麼愛讀《西廂記》，那麼愛讀小說，想必對《詩經》也一定會喜歡，《詩經》裡有那麼多描寫愛情的文字。可是他不喜歡，甚至反感。想來想去原因恐怕只有一個，那就是讀《詩經》的目的只剩下一種：中舉。

如果一個社會價值觀無法多元化，那麼，不管它有多麼崇高的目的，我相信這個社會一定有問題。羅素說參差多態，乃幸福本源。寶玉不幸，他的讀書目的僅有中舉、做官一條，連現在的學生能夠選擇的工商、管理、財會之類的專業都沒有。在他那個時代，與做官目的無關的事情都算不上正經。更可怕的是他的周圍全都是持這種觀點的人，唯有黛玉除外。

第九回，賈政的清客們見到寶玉上學，奉承說：「今日世兄一去，三二年就可顯身成名的了。」何以顯身成名？就是透過科舉考試揚名立萬。清客們的看法可以說是代表了整個社會階層對讀書的期望。自然，賈府的丫鬟們也認為讀書，確切地說科舉是極好的事情。寶玉擔心自己讀書冷落了襲人，可是襲人卻說：「這是哪裡話。讀書是極好的事情，不然就潦倒一輩子，終究怎麼樣呢？」那麼可愛那麼受人歡迎的湘雲，也勸說寶玉要「留心仕途經濟」。從襲人的嘴裡得知，寶姑娘也說過一回類似的話。可寶玉都直接埋怨她們，他對史湘雲說的話夠重的：「姑娘請別的姊妹屋裡坐坐，我這裡仔細汙了你知經濟學問的。」對寶釵呢，「他也不管人臉上過得去過不去，他就咳了一聲，拿起腳來走了」。連同在寶玉嘴裡「從來沒說這樣混帳話」的林妹妹，也開過一回玩笑：「好，這一去，可定是要『蟾宮折桂』去了。」

不僅賈政的清客們和賈府的人如此，秦可卿的弟弟秦鍾上學的時候，在其父親秦邦業看來，也是「秦鍾此去，學業料必進益，成名可望」。

其實，在傳統的農耕社會，由於家中子女較多，父輩一般會安排其中一個去參加科舉考試，另外的則負責習業，這樣，進取功名與經世致用可並重，從而保證家庭「富」、「貴」兼得。儘管賈府有賈環可以去習業（實際上他完成不了），寶玉仍然無法承受家族之重，因為他承擔著賈府延續興旺的重擔。而要達成這一目標，讀書中舉是他唯一的路。

很不幸，這份重擔本屬於他的哥哥賈珠。可是命不由人，賈珠早逝了。

那麼，那些已經成人的叔伯和兄弟又怎麼樣呢？

看看賈府的男人們吧，哪裡還有半點「翰墨詩書之族、鐘鳴鼎食之家」的樣子。冷子興說：「主僕上下，安富尊榮者盡多，運籌謀劃者無一……如今的兒孫，竟一代不如一代了！」

寧國府賈敬，「襲了官，如今一味好道，只愛燒丹煉汞，餘者一概不在心上」。「只在都中城外和道士們胡羼」；賈珍，「那裡肯讀書，只一味高樂不了，把寧國府竟翻了過來」，鬥雞、走馬、賭博這樣的事情卻很在行；賈璉呢，興趣都在女人身上；晚一輩的賈蓉，沒有世襲的資格，本來和寶玉一樣要承擔起延續寧國府輝煌的重擔，可是一味遊蕩，「不喜正務」。榮國府呢，也好不到哪裡去。賈赦，「為人卻也中平，也不管理家事」；賈政，「自幼酷喜讀書，為人端方正直」，原本他的祖父賈源要他科舉出身，可是父親賈代善臨終遺本一上，皇上憐戀先臣，給他賜了一個額外的主事之銜，後來還升為員外郎，這算是唯一的家族優秀子孫了；賈環呢，「人物委瑣，舉止荒疏」，賈政見到他就心煩，根本就不是讀書的料，連不懂詩的賈母都知道他作的詩不好（其實寶玉、賈環、賈蘭的詩都不好）。到寶玉這一代，連襲官的資格都沒有了。「赫赫揚揚，已將百載」的賈府，何以延續這樣的輝煌？

路，只剩下一條：科舉考試。人，只剩下一個：賈寶玉。

這便是賈寶玉的宿命。他的面前，沒有其他的路可走。

所以，寶玉的讀書注定是一次負重前行的苦旅。我對後四十回之所以不滿，並非因為寶玉參加了科舉——他在那樣的環境裡，不去考是說不過去的——而是因為他的成績太好了。對他來說，考不上才是正常的。

其實，寶玉的這種宿命在我的學生身上也處處顯現。

他們和寶玉有著近乎相同的使命：延續或者振興家族（庭）。但他們比寶玉更苦，他們的壓力比寶玉更大。

因為寶玉所要參加的考試並不多，即便在後四十回裡如我所想去參加科舉考試，最後的結果失敗了，也只是一次性的失敗。可是，我的學生在十二年的義務教育中，有著無數次的考試、無數次的壓力。如果考不好，他們會一直生活在親友尤其是最愛自己的父母的鄙視裡；即便考得好一點，他們也會被時時告誡不可驕傲，須繼續努力。

我的學生中有一部分是獨生子女，他們和寶玉一樣，是家裡的寵兒。父輩在創業辛苦、守成艱難的壓力之下，特別渴望子女能夠走一條功成名就的捷徑。孩子才剛上國中，就開始籌劃高中生涯，每一場重要考試，不僅父母親臨，連祖父母、外祖父母也要到場。這麼多雙殷切期盼的眼睛，何嘗不是讓孩子感到驚恐萬分的噩夢？

讀書沒有錯，但天下只剩讀書一條路，就很不正常，將讀書看作成就功名的工具和跳板，更會使孩子對讀書充滿厭惡。這樣的教育是我們期望的嗎？

國子監祭酒李守中的家教觀

李紈的第一次出現，是在第四回。

「這李氏亦係金陵名宦之女，父名李守中，曾為國子監祭酒，族中男女無有不誦詩讀書者。至李守中承繼以來，便說『女子無才便是德』，故生了李氏時，便不十分令其讀書，只不過將些《女四書》、《列女傳》、《賢媛集》等三四種書，使他認得幾個字，記得前朝這幾個賢女便罷了，卻只以紡績井臼為要。……居家處膏粱錦繡之中，竟如槁木死灰一般，一概無見無聞，惟知侍親養子，外則陪侍小姑等針黹誦讀而已。」李紈的出場，如果不仔細分析，很容易給人留下「槁木死灰一般」的印象。可是，她真的唯讀過「三四種書」嗎？國子監祭酒的父親是這樣教育女兒的嗎？未必。

先來看看國子監祭酒是幹嘛的。這個官職是當時最熱門的學官，相當於臺大校長，或者直接等同於教育部長之類。這個官不是誰都可以當的。農業部長不懂播種施肥也無妨，衛生部長不懂怎麼輸液也合常理，但是國子監祭酒既然是個「學官」，首先得是個「學人」，也就是讀書人。做過這一職務的名人還真不少。唐宋八大家之首的韓愈、明代理學家湛若水、貪官嚴嵩、明代著名首輔徐階都做過國子監祭酒，還有清朝那位發現甲骨文的王懿榮，也是國子監祭酒。

因此，李守中肯定是個教育程度不低的人。

另外，原文中有句話值得推敲一下：「族中男女無有不誦詩讀書者。」這句話，說明李家有讀書的風氣，且不分男女，這是一個優良的傳統。一旦形成了傳統，想要一下子甩掉，是不大可能的。事實上也是如此，李家除了李紈之外，還有兩位李紈的堂妹，一位叫李紋，另一位叫李綺。第五十回〈蘆雪庵爭聯即景詩〉中，李氏三姐妹都有表現。鳳姐一句「一夜北風緊」之後，李紈接「開門雪尚飄」，李綺以「年稔府粱饒」接探春的「價高村釀熟」，李紋則以「陽回斗轉杓」接李綺的「葭動灰飛管」。王小波先生在文章裡吐槽這些頌聖的句子不是林黛玉和史湘雲的，而恰恰是李紈和李綺的。自然，李氏姐妹的句子難與林黛玉、史湘雲、薛寶釵這些學霸學神一爭高低，但確實可以從中看出「族中男女無有不誦詩讀書者」不是假話。更何況，李紋還寫過一首〈詠紅梅花〉詩：

白梅懶賦賦紅梅，逞豔先迎醉眼開。
凍臉有痕皆是血，酸心無恨亦成灰。
誤吞丹藥移真骨，偷下瑤池脫舊胎。
江北江南春燦爛，寄言蜂蝶漫疑猜。

當時的社會風氣，是「貴族官宦、文人士子家庭的女子大都享有接受文化教育的機會，至少都能接受啟蒙教育」（郭英德主編《中國古代文學與教育之關係研究》）。清人施閏章也說：「古士大夫家女子之生也，多學詩書，受姆訓，幼而習之。」

也就是說，李守中在家教方面不僅僅是讓孩子們讀《列女傳》、《賢媛集》，還很有可能讓她們誦詩讀書。

第三十七回，探春要成立詩社，李紈說「要起詩社，我自薦我掌壇。前兒春天我原有這個意思的。」自薦掌壇，說明她很自信自己的詩歌欣賞能力。寫詩的未必會評詩，評詩的也未必會寫詩。詩歌欣賞不是一件簡單的事情，需要很強的文化積澱。李紈也許不會作詩，但從她給大家評詩的事實來看，她確實懂詩。

不僅如此，在大觀園裡，她貌似一位「帶頭大姐」，彷彿做著班長的工作。大家要成立詩社，邀請王熙鳳出任「監社御史」，王熙鳳開玩笑說，無非就是要她出錢。她對李紈說「虧你是個大嫂子呢！把姑娘們原交給你帶著念書學規矩針線的」，並交給李紈帶著念書（有版本作「教給」）。聽聽這話，只是簡單讀過《列女傳》、《賢媛集》之類的女人能夠勝任帶著黛玉、寶釵這樣的姑娘念書嗎？

只有一種可能，李紈有自學的習慣，並且有文化基礎。那麼，她到底讀過哪些書呢？

第五十一回，大家討論寶琴最後兩首關於《西廂記》和《牡丹亭》的懷古詩。李紈說了一段話：「況且他原是到過這個地方的。這兩件事雖無考，古往今來，以訛傳訛，好事者竟故意的弄出這古跡來以愚人。比如那年上京的時節，單是關夫子的墳，倒見了三四處。關夫子一生事業，皆是有據的，如何又有許多的墳？自然是後來人敬愛他生前為人，只怕從這敬愛上穿鑿出來，也是有的。及至看《廣輿記》上，不止關夫子的墳多，自古以來有些名望的人，墳就不少，無考的古跡更多。如今這兩首雖無考，凡說書唱戲，甚至於求的籤上皆有注批，老小男女，俗語口頭，人人皆知皆說的。況且又並不是看了『西廂』、『牡丹』的詞曲，怕看了邪書。這竟無妨，只管留著。」

她提到了一本書《廣輿記》，這不是一本普通的文學著作，而是一本極其專業的地理書。這本書，我目前還沒有見到過。可見李紈的閱讀非常廣泛。至於「西廂」、「牡丹」，黛玉說，「咱們雖不曾看這些外傳，不知底裡，難道咱們連兩本戲也沒有見過不成」？所以其實也都是看過的。

所以，李紈哪裡是「槁木死灰」之人？李守中的家教恐怕被曹翁無形中打了折。其實他們家的家風，正是讀書人的家風啊！

寧國府的家風

家風這個詞不知道是從什麼時候開始流行的。有以「勤儉」二字為家風的，有以「耕讀」二字為家風的，也有以「從來簡儉是家風」、「從來家風是清白」的詩句表明家風的。世族大家若不重視家風的建設，便逃不出「君子之澤，五世而斬」、「其興也勃焉，其亡也忽焉」的興旺週期律。

《紅樓夢》中的寧國府，甚至整個賈府，非常不幸，都沒逃過這一週期律。

從「創一代」的寧國公和榮國公，經人旁代字輩，到曾任京營節度使的寧國公賈演之子賈代化，到反文旁的敬、赦、政字輩，再到玉字旁的珍、璉字輩，草頭的蓉、蘭字輩，除了賈蘭之外，這一家族真如冷子興說的「一代不如一代」。不懂內情的賈雨村老師還說什麼「這樣詩禮之家，豈有不善教育之理？別門不知，只說這寧、榮二宅，是最教子有方的」（第二回）。哪裡是這麼一回事呢！

整個賈府的家風就兩個字：奢，淫。尤其是寧國府。脂硯齋在甲戌本上第十三回的批語就是「賈珍尚奢」。

寧國府第三代賈敬算是不錯的人物了，曾是中丙辰科的進士，「如今一味好道，只愛燒丹煉汞，餘者一概不在心上」、「只在都中城外和道士們胡羼」。而襲了官位的賈珍又如何呢？「這珍爺那裡肯讀書，只一味高樂不了，把寧國府竟翻了過來，也沒有人敢來管他。」好吧，你也許會說這是別人的評價，當不得真。那我們看看賈珍的作風吧。

兒媳婦秦可卿去世了，眾人問他如何料理，他說：「不過盡我所有。」見父親不管，便「恣意奢華」，還對協理寧國府的鳳姐說：「只求別存心替我省錢，只要好看為上。」（第十三回）兒媳婦病的時候，醫生來坐診看病，可卿換衣服，身為公公的賈珍說：「孩子的身子要緊，就是一天穿一套新的，也不值什麼。」至於要吃人參，鳳姐也說：「別說一日二錢人參，就是二斤也能夠吃得起。」秦可卿最後死了，「拿一千兩銀子也沒處買去」的「厚八寸，紋若檳榔，味若檀麝，以手扣之，玎璫如金玉」的棺木，「大家都奇異稱讚」。整個喪葬過程，場面之大，開銷之奢，恐怕是常人無法想像的——「把銀子都花得跟淌海水似的」。

再來看看寧國府的另一家風：淫。

「漫言不肖皆榮出，造釁開端實在寧」，寶玉同學的人生第一次春夢和第一次夢遺居然就在秦可卿的床上。「初試雲雨情」就這樣發生在寧國府。寶玉第一次見秦鍾同學，「二人你言我語，十來句後，越覺親密起來」，於是便有了後來家塾裡的「龍陽之嗜」。賈瑞遇見鳳姐，這麼大的賈府，偏偏也在寧國府的園子裡。好吧，賈璉同學是徹徹底底的榮國府人，人家娶個二房也和寧國府的賈蓉有扯不清、掰不開的關係，「卻不知賈蓉亦非好意，素日因同他姨娘有情……如今若是賈璉娶了，少不得在外居住，趁賈璉不在時，好去鬼混之意」（第六十四回）。注意，此時此刻，賈蓉的親祖父賈敬剛剛過世，出殯未葬。

賈珍因居喪，「日間以習射為由，請了各世家弟兄諸富貴親友來校射」，並「天天宰豬割羊，屠鵝戮鴨，好似臨潼鬥寶一般」。「賈珍不肯出名，便命賈蓉做局家。」每讀《紅樓夢》至此，便想起汪曾祺先生的「多年父子成兄弟」一說，覺得賈珍賈蓉真的是「多年父子成酒肉朋友」。

除此之外，不得不提脂硯齋老師「命芹溪刪去『遺簪』、『更衣』諸文」和「用史筆」的「秦可卿淫喪天香樓」，以及大字報貼到榮國府大門的「西貝草斤」、「窩娼聚賭是陶情」。

所謂的詩禮之家，一樁樁、一件件，不堪入目。芝蘭玉樹自然是與他賈府無緣了，尤其是寧國府。

這股風氣也吹到了榮國府。「不務正業的國文學霸」寶玉同學，年紀輕輕就和表哥資源生薛蟠同學討論起庚黃（唐寅）的「春宮圖」來，他未免知道得太多了吧！

早年的寧國府可不是這樣的。

賈府的資深老奴賴嬤嬤指著寶玉說：「不怕你嫌我，如今老爺不過這麼管你一管，老太太護在頭裡。當日老爺小時挨你爺爺的打，誰沒看見的。老爺小時，何曾像你這麼天不怕地不怕的了。還有那大老爺，雖然淘氣，也沒像你這扎窩子的樣兒，也是天天打。還有東府裡你珍哥兒的爺爺，那才是火上澆油的性子，說聲惱了，什麼兒子，竟是審賊！如今我眼裡看著，耳朵裡聽著，那珍大爺管兒子，倒也像老祖宗的規矩，只是管的到三不著兩的。他自己也不管一管自己，這些兄弟姪兒怎麼怨的不怕他？」（第四十五回）

這段話資訊量很大。第一，當年賈代善管賈赦、賈政的時候，是下了功夫的。只是效果如何，另當別論。第二，賈代化管賈敬，那是下了狠功夫，「天天打」，才打出了一個「丙辰科進士（另有乙卯年進士一說）」。這在當時，算是很有效果了。可誰曾想，一代不如一代。

中國人歷來重視家教。從魏晉南北朝的《顏氏家訓》，到口口相傳的立身處世名言，都有頗值得我們借鑑的家教要義。但凡逃過「君子之澤，五世而斬」這個週期律的，一定是注重家風的家族，一定也是愛讀書的家族。比如以曾國藩為代表的湖南曾家，以梁啟超、梁思成先生為代表的新會梁家，以陳寅恪先生為代表的修水陳家，以南懷瑾先生為代表的樂清南家等。再比如錢家，就是錢鍾書的錢家，錢三強、錢偉長、錢學森的錢家，對，也是錢穆的錢家，諾貝爾化學獎得主錢永健的錢家，他們也都有著好學嚴謹的家族傳統。

一千多年來，錢家從吳越王錢鏐開始，名士輩出。各行各業幾乎都有錢家的優秀子弟。他們的家風很值得我們學習。錢鏐的後人把他的遺囑以及言行整理成了《錢氏家訓》，其中分個人、家庭、社會、國家等幾大塊內容。每有新生兒誕生，全家便一起恭讀《錢氏家訓》。這種家族的榮耀感、儀式感對兒童的薰陶長久而深遠。

而寧榮兩府的族長們卻沒有人關注這個。在道觀中「胡羼」的賈敬根本不理家風如何，賈赦一副紈絝子弟的模樣，賈政自視清高，懶於「俗務」。殊不知，教育子弟才是一個家長最大的事業，多少人雖然功成名就，卻養著一個失敗的孩子，只好終身抱憾，這樣的例子，古今中外還少見嗎？

讀書少還不管教，你想上天嗎？

古董商冷子興擁有一雙旁觀冷眼。他說寧榮二府「如今的兒孫，竟一代不如一代了」。賈雨村說：「這樣詩禮之家，豈有不善教育之理？」可其實，詩禮之家真就有不善教育的。

賈王史薛四大家族中，王家算是最不會教育的。

榮國府賈政這邊，家風還算不錯。薛家也算是詩禮之族。薛寶釵說：「我們家也算是個讀書人家，祖父手裡也愛藏書……諸如這些『西廂』、『琵琶』以及『元人百種』，無所不有。他們是偷背著我們看，我們也是偷背著他們看。」史家有一代表史湘雲，外加一老太太，都算是品味極高的人，也讀過書。

唯獨王家，很奇怪，讀書的不多。

王家人，前後出現得不多，大抵這麼幾個：王熙鳳，王夫人，薛姨媽，王子騰，王子勝，王仁。

王熙鳳，應該上過學，但讀書不多，是賈母說的那種「不做睜眼瞎罷了」的人。雖然薛寶釵說，「世上的話，到了鳳丫頭嘴裡也就盡了，幸而鳳丫頭不認識字，不大通」，不過，王熙鳳還是應該認得一些字的。

秦可卿死後，王熙鳳走馬上任，「鳳姐即命彩明釘造簿冊，兼要家口花名冊來查看」。這說明她是識字的（第十四回）。但是，需要念的時候，常常由彩明代勞。「便吩咐彩明念花名冊」（第十四回），「便叫平兒拿出《玉匣記》著彩明來念」（第四十二回）。還是第十四回，胞兄王仁連家眷回南，「一面寫家信稟叩父母」。這個信，是不是鳳姐本人寫，令人生疑。即便是，她也只能寫一寫簡單的家書。第七十四回，抄檢大觀園時，抄到了司棋的情書。有七八十來個字吧，鳳姐從頭念到尾。到了第一百零一回，她抽到「王熙鳳衣錦還鄉」，雖「也不甚明白」，但認得。

至於寫詩，鳳姐外加兩位姑姑，是斷斷不會的。

這不符合施閏章老師說的「古士大夫家女子之生也，多學詩書，受姆訓，幼而習之」。蘆雪庵爭聯即景詩，鳳姐「想了半日」，還只有一句話「一夜北風緊」。

再看薛姨媽，寶釵那種隨時流露出的「你我只該做些針黹紡織的事才是」的思想，只能源於她的母親。薛姨媽肯定也不讀書。第一百零八回，老太太給寶釵慶生，鴛鴦行令，要薛姨媽說個曲牌名兒，下家接《千家詩》中一句。薛姨媽說：「你又來算計我了。我哪裡說得出來。」一來，薛姨媽當即說不出曲牌名兒，二來，她也怕自己是下家的時候說不出《千家詩》。所以，她說出來的不是曲牌名兒，而是「骨牌副兒」的「臨老入花叢」。

要知道，《千家詩》只不過是詩歌的啟蒙讀物。由此可見，王家不注重女人的讀書。

再說王夫人。第三回，薛蟠打死人，王子騰寫書信過來，「王夫人與王熙鳳在一處拆金陵來的書信看」（第三回）。第一百一十八回，賈政寄回一封家書，賈蘭交給王夫人，王夫人可以看懂。前八十回中，很少出現王夫人讀書識字的場景。

邢岫煙嫁薛蝌，寶玉埋汰寶釵，說她「沒請親喚友」，寶釵說：「王家沒了什麼正經人。」這話的意思，除了王子騰其他都不是正經人。王子勝無能，王仁更不必說，從名字裡就能展現出來是個「忘仁」的混蛋。

真的沒有什麼正經人了嗎？

王子騰，王家最重要、最核心的人物，也是四大家族中除了元妃外最能左右四大家族命運的人物，官拜京營節度使、九省統制、都檢點。可以說，他是王家的族長，本來負有對子姪管教的責任，可是「呆霸王」打死人後，他遣家內人告知薛姨媽，「意欲喚取進京之意」，沒有半句批評。

進京後，薛蟠最怕的不就是舅舅王子騰嗎？但是，沒見王子騰管教過他。鮑二家自縊後，王熙鳳阻止鮑二家的娘家親戚申訴，憑藉的就是王子騰的勢力。王子騰不僅疏於對姪女管教，還幫她作惡。

當年的王家，到底是什麼架勢？

元妃省親，趙嬤嬤與鳳姐聊天，趙嬤嬤回憶賈府在姑蘇揚州監造海舫，鳳姐「忙接道」：「我們王府也預備過一次。那時我爺爺單管各國進貢朝賀的事，凡有的外國人來，都是我們家養活。粵、閩、滇、浙所有的洋船貨物都是我們家的。」（第十六回）「把我王家的地縫子掃一掃，就夠你們過一輩子呢。」（第七十二回）這樣財大氣粗的家族，怎麼這麼不注重子女的教育和讀書呢？

確實，王家的家風（王夫人、薛姨媽都不甚讀書）也許與「都太尉統治縣王公」（王子騰之父）有關，但王家的衰敗與王子騰疏於管教子姪恐怕也是有著莫大的關係。

古人云：積善之家，必有餘慶；積不善之家，必有餘殃。幾百年人家，無非積善；第一等好事，還是讀書。這些句子，王家別人不知，王子騰的父親、王子騰自己不可能不知。即便自己是武官，古人的一些家書，他也應當是讀過的。並且，他完全可以透過家書的形式管教子女。曾國藩寫了一千五百多封家書，梁啟超更是寫了兩千多封家書，對其家族風氣的形成產生了積極的影響。

也許王子騰沒有明白能否立於不敗之地最終並非取決於權位的高低，而是取決於子孫的賢愚。王子騰固然沒有坑爹的兒子，可是，他有坑叔的姪女、姪子，還有坑舅的外甥。

遇到趙姨娘這樣的媽

北宋文壇盟主歐陽脩老師的母親去世時，清江縣令李觀奉太守之命寫祭文。李觀大筆一揮，寫了二十個字：「昔孟軻，亞聖，母之教也。今有子如軻，雖死何憾？尚饗。」

發個微博都嫌短，可真不愧是最短祭文。

李觀認為，歐陽脩老師的成功和孟軻先生一樣，都得益於良好的母教。孟軻先生自不必多說，「昔孟母，擇鄰處」這句話的典故就出自他母親。歐陽脩四歲就失去了父親，也是全靠母親鄭氏撫養，其「畫荻教子」的故事人人皆知。有一篇〈瀧岡阡表〉的傳世名文，說的是歐陽脩貶官，「太夫人言笑自諾」，真是位了不起的大女子。這樣的母教傳統，在中國可謂不勝枚舉。「四大名母」中，除去孟母、歐母，還有陶侃的母親、岳飛的母親，她們都是母教的典範。另外，如蘇軾的母親，「生而志節不群，好讀書，通古今，知其治亂得失之故」。這些都是成功的例子。成功的例子我們可以記住，但是失敗的例子，我覺得更值得借鑑。

同樣，《紅樓夢》中的母教，有成功的，也有失敗的。

先說失敗的例子。如果要舉行一個《紅樓夢》中母教失敗例子的投票，我猜趙姨娘賈環母子、薛姨媽薛蟠母子一定排在最前面。有關薛姨媽的育兒事，我們在〈薛姨媽的教子觀〉中有過詳細的敘述，這裡就不多說了。今天，我們不妨談談趙姨娘與賈環這對母子。

不記得是哪位紅學家說過，《紅樓夢》中那麼多人物，曹雪芹最討厭的可能就是趙姨娘了，下筆時幾乎沒有流露過半點的好感。這話大抵沒錯。身為一個母親，趙姨娘對兒子賈環的不成器負有極大的責任。

第二十回中，賈環和丫鬟們玩一種「趕圍棋兒」的遊戲。輪到他擲骰子時，偏偏如了鶯兒的命，擲出個「么」來，他要的「六——七——八」自然也就沒有了。後賈環不肯付錢給鶯兒，鶯兒就說了一句「一個作爺的，還賴我們這幾個錢，連我也不放在眼裡」，順便還拿寶玉對比了一番。誰知道這下把賈環給惹哭了。當他回到母親趙姨娘面前的時候，趙姨娘的第一句話就是：「又是那裡墊了踹窩來了？」

這是全書趙姨娘出場的第一句話。這話非比尋常啊！

墊踹窩是什麼意思？供人踐踏，代人受過。細細品味這句話，真有種無言以對的感覺。兒子哭了，她沒有俯下身子以平視的目光和兒子對視來交流問題，而是出口就問在哪裡供人踐踏、代人受過。關鍵是，她還加了一個「又」字，彷彿自己的兒子一直「供人踐踏，代人受過」。真是這樣嗎？不是。鶯兒說了，「一個作爺的」，在丫鬟們的眼裡，賈環是主子。寶釵呢，前文更是有一句「寶釵素習亦看他如寶玉」，她出來調和的時候，也是護著賈環。賈環說「都欺負我不是太太養的」，我記不住自己在讀第幾遍時曾批注道：「賈環之悲劇根源也。」後來才發現自己大錯特錯。事實上，賈環回答母親的話是：「同寶姐姐玩的，鶯兒欺負我，賴我的錢，寶玉哥哥攆我來了。」

這句話涉及三個人，其中鶯兒和寶玉，說得輕一點是被冤枉的，說得重一點是賈環在汙蔑他們。然而趙姨娘不明是非，先入為主地認為賈環墊踹窩：供人踐踏，代人受過。

那麼，丫鬟們平時欺負賈環嗎？

我找不出證據來，至少暫時想不起來。

趙姨娘的那句話，字裡行間滿是嘲諷奚落，看不到半點安慰，聽不出半點母愛。再來看一看寶玉與王夫人的相處。寶玉因為父親管得嚴，平日不敢喝酒。舅舅王子騰生日那天，他喝了酒，回來見到自己的母親，便「一頭滾進王夫人的懷裡」，王夫人「用手滿身滿臉地摩挲撫弄他」。舐犢情深，可見一斑。

賈環生活在這樣的母親身邊何來安全感呢？在這樣的環境裡，他怎麼敢說真話呢？他只好撒謊。

於是有了他母親的第二句話：「誰叫你上高臺盤去了？下流沒臉的東西！那裡頑不

得？誰叫你跑了去討沒意思！」

一個幾歲的孩子，在母親面前直接接受這樣的辱罵，他幼小的心靈該受到多大的傷害啊！難怪王熙鳳直接埋怨趙姨娘：「環兄弟小孩子家，一半點兒錯了，你只教導他，說這些淡話做什麼！」王熙鳳說到了點子上。孩子有錯，母親可以教導。王熙鳳又說賈環：「你不聽我的話，反叫這些人教得歪心邪意，狐媚子霸道的。」

「這些人」是誰，不言而喻。

有一個問題：同樣是趙姨娘的孩子，探春怎麼就不像賈環那樣呢？很簡單，因為探春是跟在賈母身邊的，並且一直在讀書。她和賈環有著天壤之別。

這就是受沒受過教育、讀沒讀過書的重要區別吧！

趙姨娘出場，回目是〈王熙鳳正言彈妒意〉，誰的妒意？趙姨娘。於是乎，到了第二十五回，趙姨娘的妒意明白無誤地遺傳給了賈環。賈環嫉妒寶玉，「素日原恨寶玉……都每每暗中算計，只是不得下手，今見相離甚近，便要用熱油燙瞎他的眼睛」。賈環的行為已不是嫉妒，而是用心歹毒了。果然，在此之後，有了煞是好看的文字〈魔魔法姊弟逢五鬼〉——全然是趙姨娘歹毒心靈的描繪。

現在我們明白了：孩子是會遺傳家長的品行的。

什麼樣的家長會養育出什麼樣的孩子。賈環在老師的眼裡肯定也不是個好學生。賈政、王夫人不在家時，他「連日裝病翹課」（第六十回）。這些，趙姨娘也不管嗎？

如果說賈環的這些毛病是由於趙姨娘沒有教導好，那麼，第五十五回中的〈辱親女愚妾爭閒氣〉可真就應了回目上的這個「愚」字。第六十回〈茉莉粉替去薔薇硝〉中，趙姨娘居然親自出馬，到寶玉的怡紅院對芳官興師問罪，又罵又打。所有這些都說明了一個問題：趙姨娘的智商、情商均有問題。

也許會有人替趙姨娘打抱不平。說實在的，我也一度替她不平。一夫多妻制讓趙姨娘沒有地位，她得爭，就像後宮裡的女人一樣，否則就會像影子一樣活在偌大的賈府。是的，她固然可恨，但也確實可憐啊！最後死得那麼淒慘。

可是，後來當我再一次讀《紅樓夢》的時候，就沒法替她抱不平了。妾的地位儘管卑微，被人瞧不起，但也能做到善良。不知道為什麼，每次讀到趙姨娘悲淒的下場，我總是想起《大宅門》裡的楊九紅。

記得馬瑞芳老師在書裡有一個推測，趙姨娘的出身可能極其不入流，所以引得賈母的不喜歡。賈母甚至罵她是「淫婦」（第二十五回），這樣說來，趙姨娘有可能是煙花巷中人。

楊九紅卑微吧，但這位曾經的妓女從沒害過人，她為了贏得親生女兒的撫養權，簡直就是「費盡移天心力」。白府上下除了老太太之外，其他人都和她關係不錯。

好吧，也許這個對比不是特別恰當。不過，同樣是作妾的周姨娘，品行卻十分端正。趙姨娘的所作所為，女兒探春看得清清楚楚，她曾經帶著又像勸說又像責備的語氣對趙姨娘說：「何苦自己不自尊重，大吆小喝失了體統。你瞧周姨娘，怎麼不見人欺她，她也不尋人去？我看姨娘且回房去煞煞性兒，別聽那些混帳人的挑唆，惹人笑話，自己呆，白給人作粗活。」甚至當趙姨娘最後暴病的時候，探春主動留下來照顧她。此時，趙姨娘的兒子呢？他居然「急忙問：『我也要在這裡嗎？』」真的令人寒心。

趙姨娘如此的下場，一句話，是她家教失敗所導致的。

她是得爭，可是她已經爭到了很多。她爭到了賈政的——不說愛，最少也是寵吧，不然，怎麼會有兩個孩子呢？她不明白的是，她最應該爭取的是把兒女教導好！她有這樣的機緣，有這樣的條件，就是沒有這樣的決心和能力。於是，她付出了沉重的代價。

他到底是一個怎樣的父親

《紅樓夢》裡有一位從來沒有露過面的父親，他為孩子所做的事情也值得探究。可惜故事開始的時候，他就已經不在了。他就是榮國府的第二代掌門人賈代善。

賈代善第一次出現，是在書中的第二回〈冷子興演說榮國府〉。冷子興透露了一條重要的資訊。他說：「自榮公死後，長子賈代善襲了官，娶的也是金陵世勛史侯家的小姐為妻，生了兩個兒子：長子賈赦，次子賈政。如今代善早已去世，太夫人尚在，長子賈赦襲了官；次子賈政，自幼酷喜讀書，祖、父最疼，原欲以科甲出身的，不料代善臨終時遺本一上，皇上因恤先臣，即時令長子襲官外，問還有幾子，立刻引見，遂額外賜了這政老爹一個主事之銜，令其入部習學，如今現已升了員外郎了。」賈代善和賈母共有三個兒女，長子賈赦，次子賈政，女兒賈敏。

這個父親，有很多令人想不通的地方。

賈赦是代善的長子，名字中含有一個「赦」字。按照取名的一般規則，這個名字不是榮國公所起就是代善所起。赦，意思之一是寬免罪過，難怪太平閒人在批語中說：「罪人邀恩得釋曰赦，則赦言罪人也，故字恩侯。妻邢氏，刑也。恩侯，因恩而有地位。」好在「赦」還有一個寬容的意思。不得不說，代善為兒（或許是祖父為孫）取名的方式實在令人匪夷所思，彷彿預設了他「交通外官依勢凌弱革去世職」的結局。與賈政的「假正經」形成了極強的諷刺意味。賈赦身為長子，襲官是理所當然的。他承襲的是一等將軍，在清代王公爵位二十七等級中，一等將軍的地位甚高。可是，我們既看不到賈赦征戰疆場，也看不到他騎馬習射，沒有半點將軍的威儀風度，才能、品格、作風絲毫無法與爵位相稱。另外值得一提的是，賈赦欲強娶鴛鴦，只因對方不同意，便親自對鴛鴦的哥哥說：「『自古嫦娥愛少年』，他必定嫌我老了。大約他戀著少爺們，多半是看上了寶玉，只怕也有賈璉。果有此心，叫他早早歇了心，我要他不來，此後誰還敢收？此是一件。第二件，想著老太太疼他，將來自然往外聘做正頭夫妻去。叫他細想，憑他嫁到誰家去，也難出我的手心。除非他死了，或是終身不嫁男人，我就服了他！」一股小人與中年油膩大叔的噁心口吻，令人生厭。襲人算得上是馴良的僕人，但她也罵賈赦：「這個大老爺太好色了，略平頭正臉的，他就不放手了。」

賈赦看中了石呆子手中的古扇，上面都是古人的書畫真跡。賈赦知道後先是吩咐賈璉找到石呆子，出重金購買。扇子是石呆子的傳家寶，他執意不賣。賈赦惱羞成怒，勾結賈雨村，誣陷石呆子「拖欠官銀」，將他拘押，並且抄沒家產。石呆子被弄得家破人亡，古扇最終歸了賈赦。劉再復先生對賈赦有一個入木三分的評價：「此人既無武功，又無文功，既無學問，又無道德，接近於廢物，但他卻不僅身居高位，而且懷有一種無休止地占有一切的貪欲貪婪之心。這種本事很小、野心很大、心胸狹窄、欲求很高的尷尬，是一種普遍性的尷尬，至少在世俗貴族、世俗官僚中是一種普遍性的尷尬。中國很有智慧的先賢，用『志大才疏』來形容這種尷尬。其所謂的志，乃是一種不知滿足的權力意志即囊括天下財富女色於一身的狂妄大志；可惜其所謂才，則等於零。《紅樓夢》文本中所謂的『國賊祿鬼』，他就是一個典型。」

從賈赦的一系列作為可以看出，他的胡作非為絕不是一時的興起，而是打小就養成的惡劣品性的必然表現。子不教，父之過，身為父親，賈代善難辭其咎。

可惜曹翁沒有寫賈赦的正房婚姻情況，邢夫人只是他的填房，且在整部小說中只是一個「尷尬人」的形象。論家境，邢夫人娘家雖無法和賈府相比，但也稱得上是富戶之家。她的弟弟邢大舅對賈珍抱怨說：「我邢家的家私也就夠我花的了。」可惜賈赦的正房沒有福分，死得太早。從門當戶對的角度看，邢夫人和她的家庭出身，不會給賈赦帶來任何事業上的幫助。

據冷子興說，賈政「自幼酷喜讀書，祖、父最疼」，而事實卻是「我自幼於花鳥山水題詠上就平平；如今上了年紀，且案牘勞形，於這怡情悅性文章上更生疏了。縱擬了出來，不免迂腐呆板，反不能使花柳園亭生色」。賈政愛讀的大概就是「四書五經」，甚至「五經」中的《詩經》都不喜歡。他要李貴轉告賈府私塾的賈代儒老師：「什麼古文，一概不用虛應故事，只先把『四書』一氣講明背熟是最要緊的。」可想而知，他對課外閱讀持反感的態度。

當然，從代善的安排中還是能看出他的一番匠心：長子賈赦襲官，得到的是政權；次子賈政得到的是榮國府府邸，是財權；而最好的安排應該是將賈敏嫁給前科探花，代善這是看中了女婿的無量前途，這恐怕與他只有一個女兒有關吧。黛玉進賈府的時候，賈母就摟著黛玉說：「我這些兒女，所疼者獨有你母。」看來這話不是隨意說說的。女婿是欽點巡鹽御史，升至蘭臺寺大夫，也是五世列侯，鐘鼎之家、書香之族。可惜的是這對夫妻都是薄命之人，無法消受人間福分。

回到賈代善的育兒方法上來。透過點滴資訊，我們可以推測他的育兒方式，有時簡單粗暴，有時和風細雨。

賴嬤嬤對賈寶玉說過：「當日老爺小時挨你爺爺的打，誰沒看見的。老爺小時，何曾像你這麼天不怕地不怕的了。」這句話有兩層意思，一是賈政小時候沒有寶玉這麼皮，二是說賈政小時候也挨過賈代善的打。從賴嬤嬤的語氣中可以看出，代善對賈政的懲罰一定很嚴厲。於是我們又有了兩種推測：一是賈赦挨的打比賈政還要多，還要厲害，因為他肯定比賈政更皮；二是賈代善對賈赦不管不顧。這兩點都說明了同一個問題：賈赦沒有被教好！

不過，有一句話值得留意。寶玉挨打時賈母說：「你說教訓兒子是光宗耀祖，當初你父親怎麼教訓你來！」聽這口吻，彷彿代善對賈政的教育是和風細雨的。連繫上文提到的賴嬤嬤的話，好像並不是這樣，至少是打過，但沒有賈政打寶玉這麼厲害。所以，可能這也就是在寶玉被打得「面白氣弱，底下穿著一條綠紗小衣皆是血漬，禁不住解下汗巾看，由臀至脛，或青或紫，或整或破，竟無一點好處」的對比之下的話語，不能全部當真。但冷子興所說的賈政「祖、父最疼」之類的話，表明代善肯定有溫情的時刻。看來，賈代善是一位嚴慈相濟的父親。

如此看來，賈代善對賈赦、賈政、賈敏兄妹三人的教育，彷彿有一個時間軸，當子女越來越多的時候，他對孩子們的關注也就越來越多。或者說，當父親也需要不斷學習。賈赦出生的時候，代善沒有什麼育兒經驗；越往後，他對子女的關注也就越多，對子女的「職業規劃」也越來越到位。

夫妻關係才是家教的核心

在賈府，如果用一句話來概括對寶玉的家庭教育，那就是「父嚴母慈」。嚴父慈母貌似理想的搭配，可以展現「剛柔並濟」、「一個唱白臉一個唱紅臉」，可事實卻往往是這種搭配很容易使孩子形成「雙重人格」。賈政夫妻對寶玉就是兩個「過度」：賈政對寶玉嚴厲、冷酷過度。〈大觀園試才題對額〉裡，在園中戲耍的寶玉遇見了賈珍，告訴他老爺要來，寶玉「帶著奶娘小廝們，一溜煙就出園來」。好像是老鼠見了貓，唯恐避之不及。類似於垂首挨門聽訓於嚴父的場景，在書中不勝枚舉。最厲害的當然是〈不孝種種大承笞撻〉裡的「拿寶玉！拿大棍！拿索子捆上！」全書極為精采的這一段「胖揍」（狠狠地打）的描寫。

而以王夫人為代表的一群女性，包括賈母和丫鬟在內，對寶玉則是寵溺過度。書中的寶玉「扭股兒糖似的」在祖母和母親面前撒嬌，或者常常「滾到」她們的懷裡，宛然一個嬌小姐。

父親的嚴厲過度和以母親為代表的一群女性的寵溺過度，形成了寶玉情感上的兩個極端。這兩個極端就像磁鐵上的兩極，就算把磁鐵削成極小的一塊，南北兩極依舊存在，它們互不讓步，永遠存在，無法和諧。「王夫人、賈母濫施於寶玉的寵溺，總是被賈政的恫嚇和板子所拍散——『把個膽子生生給唬破了』；同樣，賈政以懲戒方式實施的禮教仕途教育，亦被來自賈母對寶玉的寵溺所蝕銷」，雙方都種瓜得豆，教育的效果自然等於零。

關鍵是為什麼會產生這樣的情況？王夫人為什麼會對自己的兒子寵溺過度？他們夫妻倆為什麼不在教育兒子上取得一致的意見呢？

我看，這就需要分析賈政和王夫人的夫妻關係了。書中所描寫的賈王二人的關係，貌似十分平靜，實則問題多多。他們倆互動很少，彼此冷漠。倘或偶爾互動，也大多是冷冰冰的話語，沒有溫熱的情感交流。站在王夫人的角度，多年的婚姻早已使人麻木，由於沒有感情的滋潤，所以她吃齋念佛，寡言少語，脾氣還有點急躁。從女性的心理角度出發，她渴望抓住丈夫，甚而控制丈夫。可是，在身為丈夫的賈政來看，他們的結合本身就沒有感情基礎，都是父母之命、媒妁之言，甚至具有政治聯姻的可能性也未可知。面對王夫人的「控制」意欲，賈政只能選擇逃走。

逃走的方式無非三種：興趣愛好、其他女人以及工作。賈政選擇了前兩種。一是與清客們閒談（興趣）。他說自己「自幼於花鳥山水題詠上就平平」，這是一句老實話，他其實還比不上那些靠寫對聯書法混飯吃的清客閒人，他與他們的往來完全是為了排除內心的孤獨。二是去找其他女人。賈政的「其他女人」，其實就是趙姨娘。趙姨娘是整部《紅樓夢》中比較特殊的一個形象，曹公幾乎不在她身上著半個褒字好詞。山東大學的馬瑞芳教授推測趙姨娘可能出身於煙花柳巷，原因是賈母在第二十五回中寶玉被馬道婆施了巫術時曾罵趙姨娘：「都不是你們這起淫婦挑唆的？」賈母口中的「淫」字，恐怕不是信口胡謅，加之趙姨娘在賈府的地位以及她的行事風格，她生活糜爛確實是有可能的。不過，對於這一點我並不十分贊同。如果真像馬教授所推測的那樣，趙姨娘怎麼可能進得了數代顯赫的榮國府？但趙姨娘出身卑微是毋庸置疑的。面對「東海缺少白玉床，龍王來請金陵王」的王家妻子，賈政總覺得有高攀的嫌疑，至少有些許自卑。因此，為了找到屬於自己的尊嚴和價值感，愛上比自己出身卑微的趙姨娘，實在是太正常不過了。並且，在我看來，他倆的感情並不壞，好歹趙姨娘為賈政生了探春和賈環這兩個孩子。

王夫人越想抓住賈政，賈政越想逃跑。等有了孩子，王夫人終於發現，孩子可以在情感上極大地彌補她內心的空洞，借用心理學家武志紅教授的話來說，不止於此，可能還彌補了情慾上的空洞。於是，抓不住丈夫的王夫人改為抓孩子，甚至將抓丈夫的心理變相為把孩子抓得更緊。這在第三十三回〈不肖種種大承笞撻〉中表現得最為明顯。賈政打過寶玉之後，王夫人說：「老爺雖然應當管教兒子，也要看夫妻分上。我如今已將五十歲的人，只有這個孽障，必定苦苦的以他為法，我也不敢深勸。今日越發要他死，豈不是有意絕我？既要勒死他，快拿繩子來先勒死我，再勒死他。我們娘兒倆不敢含怨，到底在陰司裡得個依靠。」在王夫人看來，寶玉的命就是她自己的命，她所有一切存在的價值，幾乎全部寄託在寶玉身上。而賈政呢，他潛意識裡逃離妻子，內心愧疚，因此會將兒女主動推向妻子，這樣他就徹底自由了。於是，身為兒子的寶玉以及諸如薛蟠之類，他們得到的母愛表面上很多，但實際品德堪憂。他們「普遍存在著嚴重的被吞沒創傷」（武志紅）。可見，寵溺源於父母的自戀。王夫人無視寶玉的真實成長需求，將孩子當作另一個「我」，給予他過度的滿足，包括物質的、精神的、情感的，這實質上是無限制地滿足自己。表現在教育上，則是「苦苦的以他為法，不敢深勸」。

那麼身為父親的賈政又因為什麼而嚴厲呢？父愛是有條件的，父親的原則是：「我愛你，因為你符合我的要求，因為你履行你的職責，因為你與我相像。」這是弗羅姆的名言。在《愛的藝術》一書中，弗羅姆對父愛的本質有過概括性的描述：順從是最大的道德，不順從是最大的罪孽，不順從者將會受到失去父愛的懲罰。賈政對寶玉深懷期待，寶玉「一落胎胞，嘴裡便銜著一塊五彩晶瑩的玉來」的傳奇經歷，不可能讓賈政對他沒有期待。加上賈政「自幼酷喜讀書，祖父最疼，原欲以科甲出身的」，把「舉業仕途，治國安邦」作為人生之最高目標，因而很希望兒子也能朝著這個目標發展。即便到了當下，這樣的父親仍比比皆是。可是，賈政內心的逃離和實際工作的外放存在著不可調和的衝突，他根本就沒有足夠的時間來教育自己的子女，儘管他內心的期待始終存在。於是，簡單粗暴成了最好的育兒方法，「不肖種種大承笞撻」就在所難免了，更何況他自己就是這麼過來的，當年他爹打他「跟審賊似的」。

也就是說，賈政的嚴厲粗暴與王夫人和賈母的寵溺幾乎是不可調和的。甚至可以說，賈政的嚴厲粗暴只是他內心愧悔的一種表現。這就意味著寶玉的教育問題其實不是寶玉本身的問題，至少不是他一個人的問題。寶玉能否按照賈政的期待成長，取決於賈政和王夫人之間的關係。

「《紅樓夢》的『嫁後死珠』思想，其深刻性就在於曹雪芹看到中國女子嫁後完全進入中國倫理系統，而這一系統極其嚴酷，必定要榨乾青春少女的全部生命活力。」（劉再復《共悟紅樓》）夫為妻綱，某種程度上妻子就是丈夫的物品，「兄弟如手足，妻子如衣服」，比之於如手足的兄弟，妻子這件衣服可隨時脫下，隨時丟棄。可她們畢竟是生命，不是真的槁木死灰。於是，把希望寄託在下一代，幾乎是她們的某種宿命。曹雪芹以他獨具的慧眼看到了這一點。他定然不忍心下筆把他心目中那麼多美麗的女子寫成王夫人這樣，那是對青春與生命的褻瀆，也是對他自己審美的背叛。於是，他只能選擇讓這些女子跳井、上吊、撞柱、出家，讓她們消失在最美好的年華裡，也讓她們活在永恆的文字裡。

也許這還不是最可怕的。倘若寶玉和寶釵結婚、生子，他們的人生幾乎就是賈政和王夫人的翻版。寶玉和寶釵的感情基礎可能比賈政和王夫人要好一點，但不足以深厚到彼此恩愛。我始終認為，寶釵並不愛寶玉，「好風憑藉力，送我上青雲」的寶釵，志不在賈府，而是在皇宮，她的偶像應該是賈元春，甚而是皇貴妃和皇后，寶玉只不過是她退而求其次的選擇。寶玉呢，他深愛的是黛玉。所以他們的結合不會幸福，他們的孩子會出現和寶玉一樣的問題，至少寶釵也會像王夫人一樣，無限制地寵溺他，尤其是男孩。

其實，寶玉的教育問題不只是賈府才有，它流布於大觀園之外，蔓延到整個金陵。它還走出《紅樓夢》，從古穿越到今，演變成當下的「喪偶式教育」。

相比現今「喪偶式教育」中的母親，王夫人還是幸運的，沒有工作的她，至少身邊有不少丫鬟在陪伴著。而那些在育兒路上單打獨鬥的母親們，工作、家務兩不誤，身心的苦，誰人可知？

孩子為什麼要自己養

我一再在文章裡說，賈政不是一個很差的父親，王夫人相比現在的諸多「喪偶式教育」的母親，可能要幸福一點點。賈政對寶玉的教育其實是非常在意的，從第十七回至十八回的大觀園題詠上，就可以看出他創設了種種環境，鋪陳出種種心理機制，以給寶玉施展的舞臺。即便在外做官，他也時常牽掛寶玉的學業，惦記他的書法和文章。寶玉開筆之後，他還細細過問寶玉的作文情況，並加以指點。至於「不肖種種大承笞撻」，我說過，這本身也是一種教育。可是，嚴父賈政對寶玉的教育卻並沒有獲得他所希望看到的結果，甚至寶玉最後呈現出來的教育結果令賈政大失所望。

為什麼會這樣呢？因為，賈政自己都沒有意識到，或者他已經意識到了卻沒有辦法改變：他已經進入了一個教育的奇怪現象。「寶玉聽賈政的（不管是願意聽還是不願意聽，都得聽）」、「賈政聽賈母的（同樣，不管是願意聽還是不願意聽，都得聽）」，可是，「賈母卻順從寶玉」，這種奇怪的循環就像一個無法破解的魔咒。在〈不肖種種大承笞撻〉一回中，賈政在母親到來前與到來後的表現簡直判若兩人。賈母到了之後，賈政先是「躬身陪笑」，再是「跪下含淚」，說道：「為兒的教訓兒子，為的是光宗耀祖。」這其實是賈政的心裡話，只是賈母沒有領會。宗和祖不也包括了賈母？他還有一層意思：「為的是老太太您，也為了我自己。」可是賈母的回答是：「當初你父親怎麼教訓你來？」聽老太太話裡的意思，彷彿賈代善當年教育賈政是和風細雨的，其實老太太忘記了，賴嬤嬤有句話：「當日老爺小時候挨你爺爺的打，誰沒看見的。」哪裡是和風細雨，簡直就是狂風暴雨。還是賴嬤嬤說得對：「如今老爺不過這麼管你一管，老太太護在裡頭。」因為「護在裡頭」，才導致了寶玉的肆無忌憚，也成了寶玉的「丹書鐵券」。就在賈政「胖揍」寶玉時，老太太的出現幾乎逼迫賈政向寶玉做下承諾：「從此以後再也不打你了。」這對寶玉而言，豈不比「免死金牌」和「丹書鐵券」更加有效？他豈不是可以更加肆無忌憚、為所欲為、無法無天了？

更可怕的是，老太太在之後對寶玉的教育過程中，極盡袒護之能事（寶玉在挨揍之前，在「大觀園試才題對額」這樣精采的家教課堂裡，「老太太打發人出來問了幾遍」）。賈政要查詢寶玉的書法作業，探春、寶釵向老太太建議，各自臨摹以充當作業。賈母聽後「喜之不盡」。第七十三回，「一個人從牆上跳下來了！」一句話大嚇怡紅院，晴雯於是謊稱寶玉被唬，用以矇騙賈政。這些，都是老太太默許的結果。

這樣的細節很多。我們要問的是：為什麼賈母自覺地構造上述這個怪現象？事實上，這個怪現象至今還在很多家庭中存在。我曾經做過口頭調查，詢問同事在教育孩子的過程中是否受到來自祖輩的干涉，回答是絕大多數時候都有。看來，這絕非《紅樓夢》中的個別現象，而是一種典型的「中國式家教現象」。

為了探究這個問題，我們不妨把視角放到《紅樓夢》以外的地方。在閱讀孫隆基教授的《中國文化的深層結構》時，我有一種恍然大悟的感覺。中國家庭的代際傳承與西方完全相反。如果說西方是「伊底帕斯弒父娶母」式的斷裂，這裡的伊底帕斯情節，是一種與上一輩在精神上的割裂，是自我的獨立。那麼，中國則是「大舜孝感動天」式的共生：不管父母如何不對，孩子都要孝順。在中國的家庭，母子總是共生的。所謂共生，其實就是綁在一起，尤其是精神上的順從，即所謂的「孝順」。所以，母親常常跟隨著兒子住在一起，借用武志紅教授的觀點，母子雙方都是巨嬰。當然其中還有現實的需要，兒子需要母親幫忙帶孩子，母親需要兒子進行心理撫慰。按照武志紅教授的說法，中國母親大多數和丈夫的關係緊張，只好與兒子構建共生關係。母子共生最容易導致的就是婆媳衝突，也就是俗話說的「兩個女人搶一個男人」。在兒女成家之前，母子共生最顯著的特點是寵溺。我在上一篇〈夫妻關係才是家教的核心〉裡已經做過分析。母子共生，也可以產生於女兒和孫輩之中，因為所謂的共生，其實是一種心靈的寄託與情慾的發洩。賈母丈夫的早逝，使得她孤寡半生。武志紅教授在《巨嬰國》裡說，中國家庭的典型特徵是「一個焦慮的母親，一個缺席的父親和一個有問題的孩子」，這一特徵完全可以放到榮國府。因為賈代善早逝，「父親缺席」，於是產生了問題孩子，尤其是賈赦。我們完全可以推斷，賈母曾經對賈赦抱有極大期待，但是賈赦令她失望了，所以並不喜歡他。在賈母的共生關係中，我們發現了一個代際傳承的邏輯順序。在賈赦之後，首先是女兒，也就是林黛玉的母親賈敏。在第三回〈林黛玉拋父進京都〉裡，賈母坦言：「我這些兒女，所疼者獨有你母。」但是，在賈敏出嫁以後，賈母的情感轉移到了元春身上，「當日這賈妃未入宮時，自幼係賈母教養」。元春嫁入皇宮後，就輪到寶玉了。顯然，祖輩對孫輩的教育干涉，只不過是情感代際傳承的權力表現而已。

從另一個角度來看，賈母在失去丈夫以後，表面上過的是一種賞花聽曲式的生活，而實際上賈府上下一切都在她的掌控之中。她是榮國府的「大母神」——大母神需要掌控一切，就像河合隼雄在《童話心理學》裡引用的俄羅斯故事〈漂亮的瓦西里薩〉，瓦西里薩去拜訪雅格婆婆的時候，看見了三個騎士，婆婆告訴她，這三個騎士分別是「我的黎明」、「我的太陽」、「我的黑暗」。「我的」這兩個字足以說明一切。賈母就是榮國府的「雅格婆婆」。無論「黎明」、「太陽」還是「黑暗」，都是她的，連同整個榮國府的「宇宙」也是她的。隨著兒子在人格和思想上逐漸脫離母體，為了延續她的控制，對孫輩的教育橫加干涉（包括正面的和負面的）也就在所難免了。

可問題的關鍵在於，由於時代特徵、生活習慣和個人觀念的變化，兒輩常常會與母輩在教育理念上存在著諸多不同。《紅樓夢》裡「寶玉怕賈政，賈政怕賈母，賈母聽寶玉」的怪現象，在當下社會演變成「爸爸媽媽管教孩子，孩子在爺爺奶奶那裡找安慰，爺爺奶奶騙爸爸媽媽」。舉一個最簡單的例子：孩子鬧脾氣不吃飯，在爸媽看來，小事一樁，不吃就餓一頓唄！可是爺爺奶奶卻會瞞著爸媽找一大堆零食把孩子餵飽。可見，在共生的家庭，想要按照自己的理念教育孩子，恐怕先要和長輩取得觀念上的一致，換言之，在教孩子之前，要先教自己的父母。這是何其難也！

所以，孩子，還是要自己養。

龍生九子，連母十樣

有讀者問我：「你從心理學和原生家庭的角度研究《紅樓夢》，有時候確實給人耳目一新的感覺。不過，為什麼同是單親家庭，會出現完全不同的孩子，甚至同一個家庭，孩子也完全不同？」

問得好。其實，這個問題我在大學的時候就被一個同學問過。只是與紅樓無關，問的是我自己。她問我：「你痴迷讀書，是受了誰的影響？你兄弟姐妹中有和你一樣特別愛看書的嗎？」我愛讀書是受了祖父和叔叔的影響。祖父踩過私塾的尾巴，抽屜裡有幾本線裝蒙學讀本和「四書」。叔叔呢，是中學國文老師。他的大學教材被我借過來之後，在高一高二之前就差不多全部啃完，至今也沒有還他。關鍵是同學問的第二個問題，我兄弟姐妹中，還真就我一人痴迷讀書。同一個家庭為什麼會出現這樣的情況？

內在原因一定有。小時候，祖父外出時喜歡帶著我。左鄰右舍有個紅白喜事，必少不了他，因為他能寫一手在旁人看來了不起的毛筆字，在當時，祖父就是我的神。他常寫對聯，我理紙磨墨，七個字、九個字、十一個字的對聯該如何折格子，我看幾遍就會了。我也愛胡亂塗抹，祖父便更加喜歡我，於是，把他泛黃的舊籍陸陸續續送給我。有了這個開始，我就慢慢地讀書上癮了。

回到開頭的問題。同樣是單親媽媽帶的孩子，為什麼薛姨媽養的薛蟠與李紈養的賈蘭完全不同？同樣是先單親家庭後孤兒，黛玉與寶釵為什麼差別這麼大？還有，不算單親但實際上也是單親的賈環與探春，一個地上一個天上，這是為什麼？

黛玉與寶釵，能一樣嗎？黛玉是先失去母親賈敏，後投奔外祖母家的。寶釵呢，人家是皇商家庭出身，她不是來投奔的，她是來做客的，京城裡有他們薛家的房子，是賈母「嫌」自家房子多，留下他們圖個熱鬧。最重要的是寶釵和母親在一起。我的家鄉有一句俗話，話糙理不糙：「寧得一個討米的娘，不得一個當官的爹。」黛玉、寶釵，可不正是這樣嗎？你說黛玉能不敏感嗎？她敏感，只是為了保護自己，她是隻孤獨受傷的獅子，對於侵入自己領地的任何外來者都極其在意。

賈環與探春呢，為什麼說他們不算單親實際上卻是單親？賈環在缺失父愛的家裡長大，沒有規矩和約束。賈政不是不關心他，而是不夠關心他。最關鍵的是，他一直被拿來和寶玉對比。不管在哪一方面，他都比不過寶玉，他總是失敗的一方。所以，我有時候很同情他，他不僅僅是家教的失敗者，也是制度的犧牲者。如果他是從王夫人的肚裡爬出來的，恐怕就不一樣了。一母同胞的姐姐探春呢，在缺失母愛的家裡長大，好在有一個替代人物，那就是賈母。冷子興在第二回就說：「因史老夫人極愛孫女，都跟在祖母邊一處讀書，聽得個個不錯。」

也許你會說探春難道不會被拿來和元春比較嗎？沒有。沒有哪個外人敢這麼比，誰敢和皇妃比？探春自己呢，也不比，元春離她太遠。初次學武的人，是不會去和武林泰斗比的。探春自己要比的是男人，她身邊的男人，這些男人個個缺乏豪氣，真是哀其不幸，怒其不爭。〈辱親女愚妾爭閒氣〉中探春的那一段剖白心跡的話，令人感慨。

賈蘭和薛蟠，確實有可比之處。同樣是豪門世家之後，同樣是只有母親沒有父親的單親家庭出身，可命運截然不同，原因是他們的媽不同。

對李紈，我們曾詳細分析過，她是國子監祭酒的家庭出身，這種知識分子家庭出身的，在大觀園中恐怕只有黛玉等少數人。賈王史薛四大家族不是軍功就是皇商，真讀書的人不多。李紈讀過不少書，第四回開頭說她讀過《女四書》、《列女傳》、《賢媛集》什麼的，不過從她後來評詩、作詩的水準來看，她讀的書應該不止這些。而王家的女人，從王夫人、薛姨媽到王熙鳳，識字讀書的真不多。順便說一句，每次讀《紅樓夢》，我都覺得李紈是現代諸多母親的化身，她採用的是「寡婦」式養育法，用力甚多，希望全部寄託在兒子身上。

值得比較的是李紈與薛姨媽。她們的經濟壓力完全不同。李紈拿的是月例銀子，薛姨媽呢，薛蟠殺人的時候，銀子往外搬。這些，做兒女的都看在眼裡：我家有錢，可以亂花。且不說那個時代，即便現在，我們的財商（財務智商，Financial Quotient，簡稱 FQ）教育還沒到位，「富二代」坑爹坑媽的還少嗎？「窮二代」呢，只能自己打拚。賈蘭其實就是「窮二代」，他是被淹沒在大家族裡的人。他有一種潛意識的執念：我只有透過讀書，才能改變自己和母親的地位。這和很多「農二代」的讀書目的是一樣的，是為了改變命運，想魚躍龍門。當然，即便家庭出身存在頗多相同之處，結果也會截然不同。差之毫釐，失之千里。家庭教育往往就是這樣。

最後要談的是薛蟠、薛寶釵兄妹，同一個家庭，同一個媽媽，怎麼就出現兩種不同的人生結果？雖然寶釵也談不上多麼幸福，但人格比之薛蟠更健全。

他們兄妹最大的區別是養育方式的不同。薛蟠「幼年喪父，寡母又憐他是個獨根孤種，未免溺愛縱容，遂至老大無成；且家中有百萬之富，現領著內帑錢糧，採辦雜料」，寡母溺愛縱容，同時缺少父親管束，這就是薛蟠的成長背景。

我有一種猜測，薛寶釵的父親肯定在家庭教育問題上和薛姨媽有過衝突，借用現在的話說，家庭最大的衝突往往是由夫妻在育兒理念上的衝突引發的。寶釵的父親忙於皇商實務，他回家教育兒子大多簡單粗暴。傳統的家庭中，父子衝突彷彿是一個只有時間才能解開的結，因為它是建立在忠君和尊老的文化制度上的。父親的權威性必然要與兒子的叛逆性交鋒，賈政與寶玉就是典型。薛蟠的父親死得早，但是這並不表示他們父子之間就沒有過衝突。

寶釵不同。書裡說「當日有他父親在日，酷愛此女，令其讀書識字，較之乃兄竟高過十倍。自父親死後，見哥哥不能依貼母懷，他便不以書字為事，只留心針黹家計等事，好為母親分憂解勞」。性別的不同，決定了教育方式的不同。薛蟠其實是不可能「依貼母懷」的，不管是不是坑爹坑媽的「富二代」，男性很難依貼母懷。但是大門不出、二門不邁的古代女性「依貼母懷」，卻是情理之中的事。所以，他們兄妹倆從一開始就走向了不同的教育結果。

至於書裡談到的「留心針黹家計等事，好為母親分憂解勞」也值得留意。「豐年好大雪，珍珠如土金如鐵」的薛家，需要大小姐來「留心針黹家計等事，好為母親分憂解勞」嗎？就在這句話的前面，薛蟠還「家中有百萬之富，現領著內帑錢糧，採辦雜料」，之所以這樣說寶釵，只是為了表明教育方式的不同。概言之，薛家是「窮養女，富養兒」。

還有一個不得不承認的事實是資質。據說，站在家長的立場上，大家最愛談教師的能力，站在老師的立場上，大家最愛談的則是學生的資質。其實這兩者都可以談，也確實應該談。同一片土地上，小草和參天大樹不一樣，松柏和楊柳各不相同。上面說了，李紈的育兒、教兒能力強於薛姨媽，至於資質，寶釵定然優於薛蟠。所謂資質，我個人的理解是受教能力，受教好就是資質好，天賦呢，可能也有，只是內容各不相同罷了。

說了這麼多，算是回答了文章開頭朋友提出的問題。

第四章：理念

經過大風大浪、看慣雲卷雲舒的賈母，高貴而又冷靜的北靜王，專職教學卻只能是假裝代一下「儒」的賈代儒，他們的育人理念不僅在書裡，更穿透紙背，無時無刻不影響著我們的生活。

女人怎麼會為難女人

一群朋友聊天，問及各人分別喜歡《紅樓夢》裡的哪個女子？這真是一個數百年來百問不厭的問題。但凡說喜歡的，大抵離不開王熙鳳、薛寶釵、林黛玉、史湘雲、賈探春這幾位，理由也差不多。可是，讀《紅樓夢》的我們見了面還是要爭執一番。答案不重要，爭執的快感才要緊。譬如這一次，有人又問到我。我實在忍不住，覺得非要玩一把新鮮不可，於是大聲說：我——就——喜——歡——賈——母！

「哈哈，變態，喜歡老太太！」朋友知道我最近讀書老是圍著一群老太太轉：先是認真學習了《資中筠自選集》，再是一口氣讀完了葉嘉瑩奶奶的《迦陵講演集》，接著又讀了一本楊絳奶奶翻譯的《斐多》。不過，這些都與喜歡賈母沒有關係。在朋友看來，《紅樓夢》中的少女們永遠年輕，但他們卻忘了，賈母也曾年輕過。

記得當年讀高中的時候，國文老師講〈林黛玉進賈府〉時，提出過一個問題，這個問題我第一次教這篇文章時也向學生提過：黛玉在回答賈母「念何書」與寶玉「妹妹可曾讀書」時為什麼答案不一樣？學生的結論往往是「黛玉聰明」、「黛玉知道賈母不喜歡讀書的女孩子」之類，他們之所以這樣回答，是因為老太太在回答黛玉「姊妹們讀何書」的時候說了這麼一句話：「讀的是什麼書，不過是認得兩個字，不做睜眼的瞎子罷了！」

不做睜眼瞎，這貌似是老太太的「女兒讀書觀」。

不知道哪本課堂實錄也談到過這個問題，其中提到老太太不喜歡女孩子讀書。林黛玉多聰明啊，寶玉問她讀什麼書的時候，立刻就變了回答。

真的是這樣嗎？賈老太太真的不喜歡讀書的女孩子嗎？

當然不是。賈母不僅不反對女孩子讀書，甚至還十分支持！她喜歡孫女們讀書，這樣的消息已經傳到榮國府外面去了。府裡周瑞家的女婿冷子興對賈雨村說起賈氏「四春」的時候就曾道：「因史老夫人極愛孫女，都跟在祖母這邊一處讀書。」冷子興的消息是非常準確的。

就在同一回，黛玉與老太太見過面之後，老太太把王夫人、邢夫人和李紈介紹給黛玉，然後說：「請姑娘們來。今日遠客才來，可以不必上學去了。」

如果她反對孫女們讀書，怎麼會讓她們上學去呢？

不僅如此。大觀園裡的女兒們上學是延續了很久的。第八十三回，黛玉咳嗽出血，襲人來探望，紫鵑對襲人說，也是對黛玉說：「今日不能上學，還要請大夫來吃藥呢。」

何止於此！

賈母還是一個非常了不起的教師。她培養了一個很出色的學生——元春，教出了一位貴妃。

書裡說得很清楚：「當日這賈妃未入宮時，自幼亦係賈母教養」（第十七回至十八回）。到底怎麼教，教了些什麼，我們不得而知，也不好揣測。但是，從元妃身上我們可以看出來一點。賈寶玉三四歲的時候，與元春同在賈母身邊，「同隨祖母，刻未暫離。那寶玉未入學堂之先，三四歲時已得賈妃手引口傳，教授了幾本書、數千字在腹內了」。

天！一個三四歲的孩子，腹內就有幾千字了。這是何等概念？即便這幾千字只是個總體的閱讀量，對一個三四歲的孩子而言也已經相當可觀了。我們是不是可以推測元妃的識字量也相當可觀？是不是可以推測賈母的識字量一定也不會低到哪裡去？即便元妃後來有自學的成分在內。

元妃自己說「我素乏捷才，且不長於吟詠」，可是她懂詩，懂得鑑賞評價。元宵節回家省親的時候，她這樣評價姐妹們作的詩：「終是薛林二妹之作與眾不同，非愚姊妹可同列者。」正如她所言，最好的〈杏簾在望〉正是林黛玉代寶玉作的。

還有一點，元春可能深受祖母或者家庭的影響，她對文字是有興趣的。

除了「默默嘆息奢華太過」之外，元妃省親時開口對人說的第一句話便是「『花漵』二字便妥，何必『蓼汀』？」講的居然是省親別墅上的匾額聯語。進了正殿，問的也是「此殿何無匾額？」大家只關注「那不得見人的去處」這一句，其實從元妃的角度看，她很在意文字，「親搦湘管，擇其幾處最喜者賜名」，想必她的書法也過得去。有人說這是大姐姐對弟弟的關愛，其實不對，直到賈政說「皆係寶玉所題」，元妃才含笑說：「果然進益了。」可見她對文字的關注純粹出於自己的內心。另外，她為家人帶來的禮物也很是高雅，叔父輩都有「御製新書二部」，「寶釵、黛玉諸姊妹等，每人新書一部，寶硯一方……寶玉亦同此」。一個從來不讀書的人，怎麼會想到給家人帶書呢？

有這樣的學生，不證明了老太太對教育的重視嗎？

祖母教育孫輩，不獨賈府。整個江南地區，這樣的例子層出不窮。江蘇常熟女子邵廣仁，「五六歲時，祖母蘇太恭人授以詩，即能吟誦」；同為常熟的吳宛之，「祖母為張孟緹，幼承重闈之訓，習誦漢魏人詩，並習分隸，畫則臨仿南田」（以上皆出自錢仲聯主編的《清詩紀事》）。

那麼，問題來了，既然不反對，還支持，老太太為什麼要對林黛玉說「不做睜眼的瞎子罷了」？她到底是什麼意思？

是不是謙抑呢？當然不是，一個見過世面、品味如此之高的外祖母有什麼必要在外孫女面前謙虛呢？

這是高標準，高手的高標準！

腹內幾千字，有什麼了不起的？在老太太這等高手看來，腹內的幾千字也就相當於「認得幾個字」。

第五十四回，賈老太太在大觀園講戲曲賞析的公開課中痛斥才子佳人的故事時，說了這麼一句話：「別說他那書上那些世宦書禮大家，如今眼下真的，拿我們這中等人家說起，也沒有這樣的事。」賈家是「中等人家」？是的，沒錯。因為她在與書中那些宰相、尚書人家比，與現實生活中與賈府素有往來的東平郡王、南安郡王、西寧郡王、北靜郡王比。

在老太太眼裡，「認得幾個字」沒什麼了不起，最多也就是不做睜眼瞎罷了，哪裡值得拿出來說道呢！再說，稍微有點學識的家族都能做到，何況賈府呢！

在中國古代，一般的貴族官宦、文人士子家庭的女子大都享有接受文化教育的機會，至少能接受啟蒙教育。賈母也不例外，只需看她的談吐就知道了。

劉姥姥稱呼賈母為「老壽星」，賈母呢，稱她為「老親家」，難怪連脂硯齋都稱這是意想不到而又非常得體的妙稱。賈母向劉姥姥說：「我老了，都不中用了，眼也花，耳也聾，記性也沒了。你們這些老親戚，我都不記得了。親戚們來了，我怕人笑我，我都不會，不過嚼得動的吃兩口，睏了睡一覺，悶了時和這些孫子孫女兒頑笑一回就完了。」這話說得相當得體，一來解釋了上次為什麼沒有見劉姥姥的原因，本不需要解釋，可是這麼一說，拉近了和劉姥姥的距離，不顯架子，卻字字是貴夫人的口吻。在元妃省親中，寫她的對話只有一句：「無職外男，不敢擅入。」如此莊嚴恭敬的斯文語言，豈是沒有文化的人說得出的？

賈母出自顯赫的「阿房宮，三百里，住不下金陵一個史」的史家，「古士大夫家女子之生也，多學詩書，受姆訓，幼而習之」。同樣是女人，在讀書這件事上，賈母怎麼會為難其他女人呢？

讀書人見面該聊點什麼

朋友見面，做些什麼？我想到的是兩件事：一是吃，二是唱。如果你遇到一個發限時動態的狂人，你會恨不得立刻學管寧的「割席分坐」，說出「子非吾友」之類的話：上來一道菜，對方說「等會兒，我先拍照，再發限時動態」，然後，九張照片齊刷刷地亮相在朋友圈裡。除了吃，接下來就是唱。KTV裡一坐，那聲音，震耳欲聾。若碰見一破鑼嗓子還不珍惜自己「聲」譽的人，簡直就是受罪。至於陌生點的朋友，見面達不到吃唱的地步，於是就只有寒暄——諸如婚姻、夫妻、工作、子女、月薪等話題，都在對方問候兼打聽的範圍之內，不勝其煩。有時候真想長嘆一聲：「我們能別這麼俗了，讀一讀《紅樓夢》，好嗎？」

說起讀書，寶玉被父親賈政說成「流蕩優伶，表贈私物，在家荒疏學業，淫辱母婢」，這裡第一條是事實，第三條是誤會，至於第二條，是罵他不愛讀教材。其實，寶玉無論如何都算是讀書人。無論是與人見面，還是與人聊天，寶玉都愛問讀書學問之事。這才是讀書人該有的聊天方式。

第三回，黛玉進賈府。寶玉見了黛玉，第一句話就是我們都非常熟悉的「這個妹妹我曾見過」，第二句話是回應祖母的，第三句話則是問黛玉：「妹妹可曾讀書？」同樣地，王熙鳳見到秦鍾，先是問秦鍾「幾歲了，讀什麼書，弟兄幾個，學名喚什麼」。你看，就連沒怎麼讀過書的王熙鳳也關心起秦鍾的讀書情況來。寶玉見了秦鍾，更是被秦鍾「出眾的人品」所傾倒，問過秦鍾近日家務之後，就開始聊讀書的事情了。（第七回）

不過，他倆聊的是上學的事，不是「課外書」。寶玉直接邀約秦鍾「就往我們敝塾中來，我亦相伴，彼此有益，豈不是好事？」果然，秦鍾給賈代儒老師送過去一份厚重的學費之後，就在賈府的家塾裡開始讀書了。

即便去外面與不讀書的人吃飯喝酒，寶玉也表現出一副讀書人的雅趣。第二十八回，寶玉在馮紫英家裡喝酒，出了個主意：「如今要說悲、愁、喜、樂四字，卻要說出女兒來，還要註明這四字原故。說完了，飲門杯。酒面要唱一個新鮮時樣曲子；酒底要席上生風一樣東西，或古詩、舊對、『四書五經』成語。」讀書人寶玉創作出來的是：

滴不盡相思血淚拋紅豆，開不完春柳春花滿畫樓，睡不穩紗窗風雨黃昏後，忘不了新愁與舊愁，咽不下玉粒金蓴噎滿喉，照不見菱花鏡裡形容瘦。展不開的眉頭，捱不明的更漏。呀！恰便似遮不住的青山隱隱，流不斷的綠水悠悠。

不讀書的「呆霸王」薛蟠同學，擠出來的是「女兒愁，繡房躥出個大馬猴」。高低雅俗之分立判。

《紅樓夢》中見面聊讀書、談學問的風氣其實到處皆是。秦可卿的葬禮上，寶玉與北靜王相見。這位王爺當著賈政的面誇寶玉「雛鳳清於老鳳聲」，並說「小王雖不才，卻多蒙海上眾名士凡至都者，未有不另垂青目，是以寒第高人頗聚。令郎常去談會談會，則學問可以日進矣」。官二代也不盡是浪得虛名之輩，想必北靜王府裡常常舉辦讀書會或學術沙龍。再後來，寶玉和北靜王還有一次見面。北靜王生日，賈府賀壽，待賈府的長輩們出去之後，北靜王獨留下寶玉，「說了一回讀書作文諸事」（第八十五回）。

再說賈政吧。董橋先生在《這一代的事》中說過這麼一句話：「試才題對額裡說的那些話儘管矯揉造作，到底十足讀書人的口吻。」在妹夫眼裡，賈政「其為人謙恭厚道，大有祖父遺風，非膏粱輕薄仕宦之流」，也算是個讀書人吧。與一幫人交談，雖則「幫閒」而已，但也是高級幫閒。琴棋書畫、詩酒歌賦，都少不了，絕非《金瓶梅》裡的應伯爵之流，只知吃喝嫖賭。這從第十七回至十八回中的「試才題對額」就可以看出。不僅賈政，那些清客何嘗不是「讀書人口吻」？書中說「原來眾客心中早知賈政要試寶玉的功業進益如何，只將些俗套來敷衍」，這話的另一層意思就是：這些清客，也懂得「雅套」。舒蕪先生在《紅樓說夢》裡說：「所謂『俗套』，也不能太低。這就非有相當的文采無法辦到。每一處眾清客先擬的對額，其實也未嘗都是絕對不可用。」例如，當有客人說出「崇光泛彩」時，賈政就喝采道：「好個崇光泛彩！」連寶玉也說「妙極」。想說好固然不容易，而要說得讓寶玉比自己好又不至於毀壞自己的名聲，恐怕更難。只有底子深厚的讀書人才說得出這話。

所以，見面聊什麼，彰顯的是一種社會風氣。記得有一位老師說過自己當年拿著《莎士比亞全集》在餐廳誦讀，有人說：「真能『裝』！」如果讀書人見面聊書談學問，被人說成「裝」又何妨？裝他個二十年，不信人的素養不提高！

北靜王的教育理念

北靜王，名叫水溶。他是一個賢王，在我看來，也是一個帥王。記得有人做過網路調查，在《紅樓夢》中的男孩子，賈寶玉、柳湘蓮、賈璉、水溶、薛蟠等一眾「官二代」或「富二代」中，女孩子最喜歡誰。結果這位有賢王之稱的水溶，高居榜首。

北靜王「年未弱冠，生得形容秀美，情性謙和」。從長相上來看，用現在網路語言說就是「小鮮肉」，女生們見了是要瘋狂叫「歐巴」的。在賈政等一干人眼裡，北靜王也是「才貌雙全，風流瀟灑」。錢鍾書先生在〈讀《伊索寓言》〉裡論證「比我們年輕得差不多的後生只會惹我們厭煩」時舉例說，「一個近三十的女人，對於一個十八九歲的女孩子的相貌，還肯說好，對於二十三四歲的少女們，就批判得不留情面」，看來要漂亮女人說別的女人漂亮，確實不是一件容易的事情。同樣，要帥哥說別的男人帥，也是困難的。寶玉自己就是帥哥，但他看到北靜王時，不由得讚嘆對方「好個儀表人材」。這麼高的地位，這麼高的顏值，還能性情謙和，這是真的嗎？是真的。就在這句話後面，寶玉說，當年北靜王的祖父與賈代善、賈代化「相與之情，同難同榮」，所以對待秦可卿並沒有以「異姓相視」，「不以王位自居」。秦可卿死的時候，親自「探喪上祭」，秦可卿出殯的時候，「又設路奠，命麾下各官在此伺候」。而他自己呢？「五更入朝，公事一畢，便換了素服，坐大轎鳴鑼張傘而來，至棚前落轎。」北靜王不僅謙和，而且小小年紀頗懂禮儀。

不僅如此，北靜王的談吐也甚是風雅。見了寶玉之後，對賈政說的話極為得體，是晚輩的口吻，又展現出貴族的身分以及讀書人的風雅。他笑著說：「令郎真乃龍駒鳳雛，非小王在世翁前唐突，將來『雛鳳清於老鳳聲』，未可量也。」對長輩說話不卑；對寶玉說：「今日初會，倉促竟無敬賀之物，此係前日聖上親賜⊠苓香念珠一串，權為賀敬之禮。」對晚輩說話不亢。彬彬有禮，有賢王之風。

問題來了，他怎麼可以做到這樣呢？看看《雍正王朝》裡那些爭奪帝位的皇子皇孫，除了同樣有賢王之稱的老八胤禩能說得出這話，老九、老十、老十四都說不來。

先看北靜王的一段話：「只是一件，令郎如是資質，想老太夫人、夫人輩自然鍾愛極矣；但吾輩後生，甚不宜鍾溺，鍾溺則未免荒失學業。昔小王曾蹈此轍，想令郎亦未必不如是也。若令郎在家難以用功，不妨常到寒第。小王雖不才，卻多蒙海上眾名士凡至都者，未有不另垂青目，是以寒第高人頗聚。令郎常去談會談會，則學問可以日進矣。」

他之所以謙和，是因為他受的是貴族教育。看，「海上眾名士凡至都者，未有不另垂青目，是以寒第高人頗聚」，學術沙龍在北靜王府裡應該就像吃飯喝水一樣常見。還有，「昔小王曾蹈此轍」，這是他的切膚之痛，我們可以推斷，他可能也曾經說話做事不分輕重，不合情理，但是他已經醒悟過來了。

教育的最終目的是喚醒靈魂，讓人成為人，人一旦自我覺醒，外在的教育所起的作用可能就很小了。

北靜王這位謙和的賢王，當著賈政和寶玉的面，要賈政重視寶玉的教育。他直言不諱，說了上面這一段話，因為他太清楚了，寶玉一定會受到溺愛，如同自己當年那樣。

我們不禁要問：寶玉真的如他所說嗎？

我想，只要是中國的讀書人，即便沒讀過《紅樓夢》，也知道北靜王說的絲毫不差。對他「想老太夫人、夫人輩自然鍾愛極矣」的猜測，不會有半點懷疑。

只需舉一個例子。

〈大觀園試才題對額〉中，寶玉跟著父親說了幾副對子，評價了一下大觀園裡的風景，「老太太打發人來問了幾遍」、「賈母已命人看了幾次」。老太太疼寶玉，是真的疼。

於是，北靜王認為：「但吾輩後生，甚不宜鍾溺，鍾溺則未免荒失學業。」這個理念新鮮嗎？當然不新鮮。只是常識，幾千年的老常識。可是，我們就是往往在常識上犯錯。

我們不妨把眼光往前挪一點。春秋時期，衛國當時的國君是衛莊公，他有一位兒子叫州吁，是莊公寵妾生的孩子。這位州吁深得父親的寵愛，喜歡玩弄兵器，衛莊公對此不聞不問，也不加禁止。當時有一位臣子叫石碏，他的育兒觀念和北靜王如出一轍。他說：「寵而不驕，驕而能降，降而不憾，憾而能眕者，鮮矣。」什麼意思？受寵的人不驕傲，驕傲的人卻安於自己的地位一天不如一天，地位下降卻沒有怨恨，有怨恨又能克制自己，這樣的人少啊！於是，石碏就對莊公說：「臣聞愛子，教之以義方，弗納於邪。驕奢淫逸，所自邪也。四者之來，寵祿過也。」對於子女，要教育他講規矩，講道義，不讓他走邪路。驕奢淫逸這種邪路就是由於過分的寵愛導致的。可見，北靜王所說的溺愛之害，很早就有人提出來了。

莊公死後，衛桓公繼位。又過了十五年，西元前七一九年，當年衛莊公溺愛的兒子州吁居然把桓公給殺掉了，自己做了衛國的國君。跟他一起的就有當年向莊公進言的石碏的兒子石厚。

歷史有時候真的很諷刺：石碏也沒能教育好自己的兒子，但是他卻用自己的方法和手段，對不講規矩、不講道義的親生兒子給以嚴厲的處罰，讓他付出了生命的代價。

州吁取代了桓公，畢竟政權來得不合法。於是石厚就回家向父親這位老臣諮詢。石碏給出了一個主意：王覲可矣。只要去朝見周天子，就能取得合法地位。果然，石厚打聽到陳國的陳桓公與周天子的關係很好，並且陳衛兩國交往也不錯。如果陳國在中間幫忙，州吁去朝覲周天子，這事就成了。

於是，石厚和州吁就去了。剛經過陳國，就被抓了。原來，石碏早已和陳國商量好了，就等著這兩人上門呢。陳國把他們送回來。衛國的右宰就把州吁殺掉了，石厚呢，也在他父親的授意下被家臣給殺了。

如果當年衛莊公聽了石碏說的話，就不會有後來的悲劇。其實，這樣的禍根都是當年的溺愛所埋下的。

中國第一本家庭教育專著《顏氏家訓》的作者顏之推，和北靜王有著相似的經歷。北靜王告誡寶玉，「鍾溺則未免荒失學業」，還說「昔小王曾蹈此轍」。顏之推也是這樣認為的。他九歲時喪父，全靠兄長養大，可是兄長的教育「有仁無威，導示不切」，導致他「肆欲輕言，不修邊幅」。到了十八九歲，才稍知磨練意志，但是因為習以為常，最終還是難以改掉陋習，可謂是「積重難返」。慶幸的是，北靜王和顏之推二人最終都在二十歲上下覺醒了。顏之推在自己的書裡說，世上有一些父母，對子女不加教育，只是一味溺愛，對子女的飲食言行，總是任其為所欲為，該告誡阻止的，反而誇獎鼓勵，該斥責的，反而和顏悅色。孩子驕橫傲慢的性格一旦養成，才想到要去管束，未免晚了。

一般人不教育子女、寵愛子女，並不是想讓子女作惡犯罪。顏之推說，父母只不過是不願看到子女因受到責罵而臉色沮喪，不忍用荊條抽打子女使其皮肉受苦。

然而，為人父母者必須理清愛子、縱子、教子這三者的關係。愛子是人之常情，但是不能過分到縱子。北靜王所謂的「鍾愛極矣」的「極」就是過分的意思，如果到了這一步，一旦習以為常，再教子，已然晚矣！

在北靜王之前，還有一位偉大的思想家王符說過：「父母之失，在於不能止於媚子！」北靜王正是藉機向賈政和寶玉父子傳遞一個再普通不過的常識，一個早已經被國人接受的育兒理念：不要溺愛孩子。

老師，別讓你的過高期望毀了孩子

想起賈瑞，內心很是複雜。

原本以為他可以是一個成功的案例。比如說，窮人的孩子早當家。賈瑞隨著祖父母一起生活，基本靠祖父賈代儒在私塾的那點薪金維持生計。在私塾的孩子當中，可能只是比金榮好一點，無法和寶玉、秦鍾、薛蟠之流相比。寶玉是「官四代」，還有一個親姐姐是皇上的妃子；薛蟠呢，「富二代」，即便在鬥雞走馬、眠花宿柳的時候，家裡也是日進斗金，說句不太妥當的話，他更有資格比賈瑞不上進；秦鍾呢，憑著他姐姐秦可卿以及和寶玉的那一層關係，也要比賈瑞負擔輕很多。賈瑞需要操心的事情很多，最起碼需要照顧好祖父母。他已經長大了，二十來歲的人，應該知道生活不易。

可是，他沒有！

他「最是個圖便宜沒行止的人，每在學中以公報私，勒索子弟們請他」。在〈起嫌疑頑童鬧學堂〉一回中，李貴說：「這都是瑞大爺的不是，太爺不在這裡，你老人家就是這學裡的頭腦了，眾人看著你行事。眾人有了不是，該打的打，該罰的罰，如何等鬧到這步田地還不管？……素日你老人家到底有些不正經，所以這些兄弟才不聽。」李貴這句話道出了賈瑞沒有威望的原因。他圖便宜、沒行止、以公報私、勒索子弟，最大的原因恐怕就是可以仗著祖父賈代儒是掌塾。

我每次讀到這裡，都會想起自己的經歷。我為什麼會從小就立志要做教師？不是什麼崇高的理想，完全是被逼的。我的小學同桌是我國文老師和數學老師的獨生子，他仗著自己的爸媽是老師，總覺得擁有他人無法擁有的特權。第一，他可以隨便進出那個對我們來說神祕得如同外太空的教師辦公室，而我等小民，沒有老師的召喚，絕不敢多停留一刻。第二，他居然可以用粉筆頭扔我們，並且根本不需要考慮粉筆頭的數量。而我想要一根粉筆，得謀劃好多天，趁著全班同學不在的時候，偷偷摸摸、小心翼翼地抓幾根，再藏起來。除此之外，更令人受不了的是，我的這位同桌居然可以時不時地出入學校的廚房，那裡常常在我們臨近放學的時候飄出香味來，令我輩垂涎欲滴，每到這個時候，我就無心上課。後來，他的表妹也來了，是他媽媽的姪女。她本來不是我們同一個社區的，因為姑姑是老師，所以就來了。她的到來，滅了我們班所有女生的氣焰，不，還順帶滅了不少男生的氣焰。甚至與她一起上學的鄰居，也可以任意欺辱。賈瑞的「以公報私，勒索子弟」在我幼小的生命裡就鏤刻下了鮮明的印痕。我當時立志做老師，原因很簡單：以後我要親自帶自己的孩子讀書，不讓他受其他老師子女的欺負。

斷斷續續，讀了十幾年《紅樓夢》，站了十幾年講臺，我對賈瑞又生出一絲憐憫來。正如現在回想起我的同桌被他爸媽暴揍，我已沒了當年的快感，反而多出一絲「同情之理解」。更關鍵的是，在我十幾年的教育經歷中，我遇見的很多教師子女，承受著其他同學沒有的壓力，也承載著家人更大的期望。

賈瑞何嘗不是如此呢？他甚至比一般教師子女承受得更多。他「父母早亡，只有他祖父代儒教養」（第十二回）。在賈代儒老師看來，兒子兒媳早亡，孫子就是他的獨苗，焉能不重視？光宗耀祖、光大家業的重擔自然就落在賈瑞的身上。賈代儒老師「素日教訓最嚴，不許賈瑞多走一步，生怕他在外吃酒賭錢，有誤學業」也是情理之中的事情了。可想而知，賈瑞的家教之嚴格、受期望之高，比寶玉有過之而無不及。

就說賈瑞因為調戲王熙鳳一夜未歸，賈代儒老師的處理我就覺得很不妥。賈代儒老師主觀上認定賈瑞「非飲即賭，嫖娼宿妓」，自己也「氣了一夜」，睡不著覺。我們只需要想想就知道，當時賈代儒的臉色有多難看。面對這樣的祖父，賈瑞是非撒謊不可了。而賈代儒老師的一番話，很值得我們咀嚼：「自來出門，非稟我不敢擅出，如何昨日私自去了？據此亦該打，何況是撒謊。」身為監護人，賈代儒老師沒有表現出一點點的溫情關懷。賈瑞固然去做了見不得人的事，但我想，即便賈瑞去做的是一件好事，賈代儒老師也不會相信。一句「非稟我不敢擅出」，足見他平時管教之嚴。我曾寫過我的一個學生，這位學生在作文裡向我埋怨他父母對他的管教幾乎嚴密到了間諜的地步，偷看日記之類的陳舊把戲已經不值一提，偷看手機、偷查電腦紀錄，無所不用其極。至於每次出門，都須時時告知下落。不堪其苦的學生在作文裡喊出了「如果有來生，再也不願意做你們的女兒」的聲音。

賈瑞的撒謊，帶來的是嚴厲的家暴式和教師式處罰。「發狠到底打了三四十板，不許吃飯，令他跪在院內讀文章，定要補出十天的功課來方罷。」一個年輕人，在寒冷的冬天，跪在戶外，餓著肚子，還要讀書，焉能不「其苦萬狀」呢？

我說賈老師實行的是家暴式處罰，好懂。而所謂的教師式處罰，則是以教師的身分對孩子進行學業處罰。「跪在院內讀文章，定要補出十天的功課」就是。跪在院內讀文章尚可，而要補出十天功課來，是萬萬做不到的。但是，賈代儒老師認為自己的孫子可以辦到，他對賈瑞寄予了太高的期望，這是很多老師的通病。就像《包法利夫人》開篇那個教員，面對新學員包法利的到來為教室帶來的吵鬧聲，直接高喊「全班罰抄五百行詩」，然後從瓜皮帽底下取出手絹，一邊指額頭的汗，一邊氣沖沖地接著喊：「至於你呢，新來的學生，你給我抄二十遍拉丁動詞『笑』的變位法。」

怒火沖天時的處罰總是收效甚微，加上賈瑞對王熙鳳仍是「前心未改」，這位在王熙鳳眼裡「禽獸樣的人」，在平兒嘴裡「沒人倫的混帳東西」，最終慘死。

管教之嚴，期望之高，這使得很多教師子女承受著難以言喻的生命之重。其實，他們很平凡，絕大多數也不是什麼天才，他們只是普通人。學會接納普通的孩子，接納孩子的普通，是所有家長和教師都必須學會的。

偷讀最是人生樂事

關於讀書方式，可謂不勝枚舉：歐陽脩有「馬上」、「枕上」、「廁上」，現代人有「車上」、「床上」、「手機上」。竊以為，唯有偷讀，效果最佳，也最難以忘懷。大知此中趣味的莫過於明末清初的大評論家金聖歎，他說「雪夜閉門讀禁書，不亦快哉」，想必這就是讀書的最高境界。

古代偷讀最有名且赫然寫進正史的是祖瑩。他八歲就能誦《詩經》和《尚書》，十二歲就成為中書學生。他非常好學，夜以繼日地沉迷於書籍，父母擔心他得病，禁止他讀書。他就悄悄地在灰中藏火，等父母睡後，再燃火讀書。又怕火光被父母發現，就用自己的衣服把窗戶堵住。這固然是勤奮的榜樣，但我總覺得此中少了些什麼。祖瑩同學讀的畢竟還是教材，應該不會是什麼禁書。

現代關於偷讀的文章最有名的莫過於林海音先生的〈竊讀記〉，這篇文章被選入中國小學教材裡了。林先生回憶自己在書店裡因無錢買書只好偷讀的經歷，比祖瑩的偷讀要真誠得多。他們最大的區別在於，祖瑩的偷讀被父母發現，得到的是憐憫，以及充滿愛意的呵斥，並最終收穫了聲譽；但林海音先生得到的卻是赤裸裸的訓斥：「你到底買不買？」這種偷讀要比祖瑩的更加刺激，也更加令人深思。

偷讀之所以有樂趣，就是因為它天然帶著刺激，讓人懷著擔驚受怕的心理，並且上癮難忘。大觀園中的幾位國文學霸也都有著偷讀的經歷。

排名第一的自然是國文課堂上可愛的「壞小子」賈寶玉同學。在小廝茗煙的精心安排下，他愣是得到了一堆「禁書」：「古今小說並那飛燕、合德、武則天、楊貴妃的外傳與那些傳奇腳本。」寶玉對這些書是怎麼看的呢？他「便如得了珍寶」。茗煙囑咐他不可拿進園去，寶玉哪裡捨得呢？選了一批，帶到大觀園。他是怎麼選的呢？「單把那文理細密的揀了幾套進去」，放在床頂上，留著自己「密看」。寶玉可真是偷讀界中的大神啊！偷讀嘛，難免匆忙慌張，可是他呢，居然是「密看」，真令人羨慕。另外，那些「粗俗過露」的，都藏在外面的書房裡。林語堂先生說，讀書只要讀兩種，一是讀上流的書，二是讀下流的書。中流的書，大可不必讀。為什麼呢？因為在沒有多少人關注的下流書籍裡，有著「淘寶」的樂趣。我私下揣測，這些寶貝恐怕包括不被人正眼待見只能用以偷讀的東西。

話說回來，寶玉同學挑的文理細密的書，其中就有一本《會真記》，果然是好眼光。這《會真記》，就是王實甫的《西廂記》。藏在床頂上的書，拿到花園裡來看了。寶玉在沁芳閘橋邊桃花底下一塊石上坐著，展開書籍，「從頭細玩」。「細玩」一詞，足以看出寶玉在偷讀過程中的享受。可是，這偷讀，被黛玉撞見了。寶玉「慌的藏之不迭」，在黛玉的追問下，才吐出真相，並不忘交代黛玉這樣的知己「你看了，好歹別告訴別人去」。於是，便有了另一位國文學霸林黛玉的偷讀經歷。

黛玉偷讀西廂，「越看越愛看，不到一頓飯工夫，將十六齣俱已看完，自覺詞藻警人，餘香滿口」還內心默默記誦。寶玉問她書好不好的時候，她笑著說：「果然有趣！」這導致她在後來對牙牌令的時候，一不小心就說出一句「紗窗也沒有紅娘報」的話來。林黛玉同學雖然在教香菱寫詩的時候說自己有《王摩詰詩全集》以及古琴譜之類的書籍，但據我的推測，她未嘗沒有禁書。理由就是，她嘗到過偷讀的樂趣，並且，她有偷讀的資源。寶玉有這麼多的好書，想必會挑一些文理細密的讀物與他的林妹妹一起分享閱讀。

大觀園中，還有一位學神級別的人物也有偷讀的經歷，那人便是薛寶釵。

〈金鴛鴦三宣牙牌令〉中，黛玉一不小心說出了《牡丹亭》中的「良辰美景奈何天」和《西廂記》中的「紗窗也沒有紅娘報」，之後，寶釵便要黛兒跪下審問她。這固然是玩笑，但我們來看寶釵的那段話：「我們家也算是個讀書人家，祖父手裡也愛藏書。先時人口多，姊妹弟兄都在一處，都怕看正經書。」單說「都怕看正經書」，不知道說出了多少讀書人的心聲。看來寶釵同學也很懂偷讀的樂趣。寶釵又說：「弟兄們也有愛詩的，也有愛詞的，諸如這些『西廂』、『琵琶』以及『元人百種』，無所不有。他們是偷背著我們看，我們卻也偷背著他們看。後來大人知道了，打的打，罵的罵，燒的燒，才丟開了。」這等於直接告訴大家，她也曾偷讀過一些「不正經」的書，什麼「『西廂』、『琵琶』、『元人百種』」，還被打、被罵，相比祖瑩和林海音，這樣的偷讀是不是更加刺激？

就我自己而言，也有過偷讀的經歷。打著手電筒躲在學校宿舍的被窩裡讀金庸，那場面彷彿做賊一般。若是讀正經書，則大可不必躲在被窩裡，但讀書的姿勢需要端正，讀書的聲音需要洪亮。不過，奇怪的是，反倒是偷著讀的書，記得更熟。於是，我常常縱容學生的偷讀——明知道他們的教材下面壓著一本「不正經」的書，也睜一隻眼閉一隻眼，誰知道他們會不會像寶黛釵那樣，成為國文高手呢？

不完美的生活可能才是最好的老師

開完紅樓讀書會後，有一部分學生先行離開。剩下的學生陪著我一起下樓，去上晚自習，或者去操場散步。我住在教師公寓的最高一層，推開門，透過走廊的窗戶，只見金色的餘暉灑落在門前，溫暖而舒適。陪我下樓的學生之中，有一位是我最欣賞的，他問我：「老師，《紅樓夢》裡的女孩都那麼有才，可是到底誰是第一呢？」

這個問題其實很早就有過爭論，不過文無第一武無第二的說法深入人心，所以誰排第一，往往取決於個人喜好。站在我的角度上，誰排第一要看比什麼。詩才，當是黛玉第一；學問，當是寶釵第一；見識，當是寶琴第一。

王國維在《人間詞話》中評價李煜的詞就說：「詞人者，不失其赤子之心者也。故生於深宮之中，長於婦人之手，是後主為人君所短處，亦其為詞人所長處。」這句話用來形容黛玉也是合適的，只需將詞人換成詩人。叔本華說：「天才者，不死其赤子之心者也。」林黛玉就是這樣的天才。大觀園中，除她之外，不會有任何一個女子寫得出「一年三百六十日，風刀霜劍嚴相逼」的句子，因為林黛玉是用詩人之眼去觀察萬物的。她的一生都和詩有關，她過的是詩意的生活，她的悲劇可以說是人類詩意棲居於世而不可得的悲劇，是被世俗棲居打敗的悲劇，所以格外令人心動。

但是寶釵不同，她是學問家。

第五十六回，探春與李紈、寶釵共同主持家務。這一回的回目是〈敏探春興利除宿弊 時寶釵小惠全大體〉，「小惠全大體」五個字，就是寶釵學問的展現。文中三人商談，探春道：「我因和他家女兒說閒話兒，誰知那麼個園子，除他們帶的花，吃的筍菜魚蝦之外，一年還有人包了去，年終足有二百兩銀子剩。從那日我才知道，一個破荷葉，一根枯草根子，都是值錢的。」寶釵笑道：「真真膏粱紈絝之談，雖是千金小姐，原不知這事，但你們都念過書識字的，竟沒看見朱夫子有一篇〈不自棄文〉不成？」探春笑道：「雖看過，那不過是勉人自勵，虛比浮詞，那裡都真有的？」寶釵道：「朱子都有虛比浮詞？那句句都是有的。你才辦了兩天時事，就利慾薰心，把朱子都看虛浮了。你再出去見了那些利弊大事，越發把孔子也看虛了！」探春笑道：「你這樣一個通人，竟沒看見子書？當日姬子有云：『登利祿之場，處運籌之界者，竊堯舜之詞，背孔孟之道。』」寶釵笑道：「底下一句呢？」探春笑道：「如今只斷章取義，念出底下一句，我自己罵我自己不成？」寶釵道：「天下沒有不可用的東西，既可用，便值錢。難為你是個聰明人，這些正事大節目事竟沒經歷，也可惜遲了。」李紈笑道：「叫了人家來，不說正事，你們且對講學問。」寶釵道：「學問中便是正事，此刻於小事上用學問一提，那小事越發作高一層了。不拿學問提著，便都流入市俗去了。」

探春說「一個破荷葉，一根枯草根子都是值錢的」，寶釵就笑話她是「膏粱紈絝之談」。她引用的是朱子的〈不自棄文〉，其中開頭第一句就是「夫天下之物，皆物也。

而物有一節之可取，且不為世之所棄」，寶釵是真正把朱子的文章讀到實踐中去了，我們在她身上是看不到「膏粱紈絝之談」的。也就是說，寶釵有著實際的政治經濟能力。她那一句「好風憑藉力，送我上青雲」，真不是虛寫。真正的學問是把讀過的書運用到實際生活中來。探春也讀過〈不自棄文〉，但即便她掌管家務了，還覺得那是「勉人自勵，虛比浮詞」，可見她沒有真正把書讀到實踐中去。當李紈「批評」她們聊學問的時候，寶釵說：「學問中便是正事，此刻於小事上用學問一提，那小事越發作高一層了。不拿學問提著，便都流入市俗去了。」寶釵的回答真有學問。學問是書和歷練催生出來的。寶玉、黛玉、湘雲和妙玉都讀過不少書，也很能寫詩，但是詩才更多的是誕生於妙悟慧心，而書則未必如此。寶釵和黛玉說，她們家也有「西廂」、「琵琶」、「元人百種」之類的文藝書，但是不曾和黛玉聊過朱子，原因就是黛玉等人是文藝青年。

寶釵的學問，甚至連賈政都誇獎過。賈政幾乎從不正面誇獎人，尤其在學問方面。他的誇獎是透過香菱間接傳遞的。第七十九回，寶釵的嫂子夏金桂問香菱的名字是誰取的，香菱說是「姑娘起的」。金桂冷笑道：「人人都說姑娘通，只這個名字就不通。」她沒說哪裡不通，典型的用心不善，想敗壞寶釵的名聲。香菱當即辯駁道：「哎喲，奶奶不知道，我們姑娘的學問連我們姨老爺時常還誇呢。」這句話非常值得重視，賈政雖不喜歡詩詞歌賦，但是儒家經典卻十分熟悉。他誇寶釵，可見寶釵的學問在大觀園裡的確鶴立雞群。香菱說此話，也足見賈政在丫鬟們面前（至少在香菱面前）誇過寶釵，這很不簡單。

寶琴的見識是大觀園裡所有女孩子無法望其項背的。見識見識，見在前，識在後。整部《紅樓夢》除了賈母的人生閱歷外，其他人走過的地方恐怕都不如寶琴多。第五十回，老太太看中了寶琴，細問了年庚八字以及家內景況，薛姨媽猜測老太太的意思可能要給寶玉做媒，便說：「他（寶琴）從小兒見的世面倒多，跟他父母四山五嶽都走遍了。他父親是好樂的，各處因有買賣，帶著家眷，這一省逛一年，明年又往那一省逛半年，所以天下十停走了有五六停了。」薛姨媽的話自然不會有假，寶琴主要是因為父親的原因，才有機會「天下十停走了有五六停」。我們完全可以說，因為生活原因，她才有此機會走遍四山五嶽，十首懷古詩，寫赤壁、交趾、鍾山、淮陰、廣陵、桃葉渡、青塚、馬嵬、蒲東寺、梅花觀十處，首首不凡。特別值得留意的是，從「赤壁沉埋水不流，徒留名姓載空舟」開始，她對歷史人物的評價，全都超越功過、輸贏、得失，在她的眼裡，無論勝利的英雄還是失敗的英雄，都帶有深刻的悲劇性。倘若寶琴真到過十首懷古詩中的所有地方（除了最後兩處屬於文藝虛構），那麼她就是《紅樓夢》中唯一出過國的女子。交趾，就在現在的越南境內。值得一提的是，寶釵說「後二首卻無考，我們也不大懂得，不如另作兩首為是」，被黛玉攔住，黛玉「罵」寶釵「膠柱鼓瑟，矯揉造作」。這可以說是學問與文藝之別的又一展現：寶釵不喜虛構，黛玉承認想像。

更神奇的是，寶琴還遇見了一位會寫詩的外國女子（第五十二回），當然，這可能是她杜撰的。黛玉說寶琴扯謊，寶琴紅臉低頭不語。

問題是，到底是什麼造就了她們的第一？我想，可能就是不完美的生活。

她們三人共同的一點就是殘酷的生活教會了她們自己最擅長的本領。

黛玉若在姑蘇，父母俱在，無論如何也寫不出「儂今葬花人笑痴，他年葬儂知是誰」的句子。母死父亡，是她生活中最慘烈的教材，並把她教成了一個敏感多疑的人，極度缺乏安全感。寶釵學問出眾，但沒有父親，哥哥又是扶不起的阿斗，她必須過問家裡的生意之事，她操作經濟或者理家治業的能力完全是生活教會她的。探春之所以不如她，也正在於此，探春的生活某種程度上與寶釵相似，有個不成才的弟弟，但是三姑娘要不是王熙鳳身體不好，哪裡知道「一個破荷葉，一根枯草根子」都是值錢的生活呢？寶琴雖然「身行萬里半天下」，但生活教給她的也不同於釵黛二位，關於生活的艱辛，她的體會一定比她們兩個多。

可是，誰的生活又是一樣的呢？每個人的生活都不同，完美的生活，或者他人有意為你營造的完美的生活，都是人生的大敵。美學家說，完美就是死亡。

所以我對學生說，我可能是你最喜歡的老師，但一定不會是你最好的老師，你最好的老師就是生活。你在這所學校裡苦苦奮鬥，省吃儉用，用原本屬於課外的時間來老師這裡聽課，某種程度上，這展現了你內心的願望，你那個想要離開鄉下、改變個人現狀和家庭現狀的願望，為此你必須努力上進。但你的不完美的生活，才是你最好的老師！

後記：一生相伴有紅樓

一

對於一九九八年我印象特別深刻，這是個滔天洪水的年分。那年我讀國一。一個夏夜的晚上，晚自習下課後，我在班級裡閒逛，隨即坐在教室的最後一排聊天。桌面上有一句話，十個字，用刀刻的，再用藍色圓珠筆塗抹上色。字不大，還東倒西歪，卻剛勁有力。我一字一字地讀下來：「寒塘渡鶴影，冷月葬詩魂。」念完的那一瞬間，我有一種身心被震碎的感覺，彷彿身懷絕技的武林高手突然遇到一個對手，談笑間筋脈便被震斷，功力全廢。這十個並不難的漢字，就像被運刀如風的篆刻大師刻在壽山石上一樣，永久地鐫在我的心尖，刻在我的骨上。我一把抓住同學的手問：「這是你寫的嗎？這是誰的句子？」

他一臉驚訝地看著我：「你想什麼呢，我哪能寫得出來？你難道連這個都不知道？」

毫不謙虛地說，我讀書確實比一般同學多，但我就是不知道這句話出自哪裡，更不知道是誰寫的。我理解同學話裡的驚訝和無心的不屑，可我一點不在乎，我在乎的就是這話誰寫的。

「《紅樓夢》啊，是《紅樓夢》裡的句子。」

說完，他走了。

我呆呆地坐在他的位子上，看著他離開，又把目光轉到桌面上的這十個字。那一刻，我的內心無比複雜。我想不通的是：十個字，拆開來看，個個平常得很，放在一起，怎麼就有了撞擊心靈的力量呢？

回到自己座位上的時候，我心裡特別難過。二十年後，那一堂喪魂失魄的晚自習以及那十個字，至今還刻骨銘心地留在我的腦海裡。到了週末，我立刻到鎮上唯一的書店買了一本岳麓書社出版的《紅樓夢》。如今，它還安放在老家的書櫃裡，儘管紙張早已泛黃。

我開始瘋狂閱讀《紅樓夢》。可是，我折戟沉沙在前五回，怎麼也邁不過去。一會兒女媧補天，大荒山無稽崖；一會兒一僧一道，談天說地；一會兒賈雨村，談古論今。彷彿天上地下佛教道教一鍋燉。我想像中的寶黛愛情，卿卿我我，大觀園生活，品畫題詩，還有那些能撞擊心靈的句子，連影子都沒有。

然而這本書的前言，依然給了我深刻的印象。這篇前言把《紅樓夢》置於中國數千年的文學史中，把大觀園裡的女兒拉出來和文學史上赫赫有名的竇娥、杜麗娘、崔鶯鶯、杜十娘、潘金蓮、潘巧雲、李瓶兒等人進行比較。大觀園女兒的高貴與美麗、純潔與美好，更加突顯了她們命運的詭譎與悲戚：沒有凶手，但是死亡無處不在；有痛楚，卻不知道該責備誰。

這篇前言的作者是舒蕪，我深深記住了這個名字。

書中那些吃飯、喝茶、聊天、寫詩的文字，一點兒也吸引不了我。但是，「寒塘渡鶴影，冷月葬詩魂」這樣的詩，卻深深吸引了我。這句詩到底出自這本書的第幾回第幾頁？我得把這句詩找出來。我一直設想，如果哪一節國文課上我突然吟出幾句這樣的詩，說不定會把其他同學的心靈震得粉碎。於是，我一首一首把詩詞抄下來，終於，抄到「寒塘渡鶴影，冷月葬詩魂」了！

我和《紅樓夢》的第一次接觸，就是這樣完成的。和很多人不同，對《紅樓夢》，我是先接觸詩，再接觸文。

二

高一那年，進校的第一次段考，我的作文就被校長給了一個滿分，並在全校分發流傳，供高二高三的學姐學長參考。我自豪感滿滿。下課後，就有人在背後說，這就是那個寫滿分作文的傢伙。

據說母校國文教研組的組長吳文娟老師在班上跟她的學生說，匡雙林你們學不來，他把《紅樓夢》讀了不下五十遍。

我的天，如果說之前滿滿的自豪感是因為一篇滿分作文，那麼這句話為我帶來的絕對是滿滿的恐懼感。我之所以恐懼，是因為我從來沒有把任何一本書讀過五十遍，我怕哪個老師找我談紅樓、說紅樓，我戰戰兢兢，如履薄冰，唯一能做的是回去再翻《紅樓夢》，惡補。

但凡臨時抱佛腳的事情，總是效果極差。因為心裡發虛，怕被人問倒，所以哪有閒適的心情去品味？匆匆過了一遍之後，重點還在前八十回。不得不說，以我現有的學力回顧這一次的讀紅經歷，不堪一提。

於是，在某個暑假，我再把《紅樓夢》讀了一遍。開學的時候，我向班導朱老師申請：我要去為同學講紅樓。

那個勇於向班導師提出講紅樓的我，是我見過最大膽的人，他完美詮釋了什麼叫做不知天高地厚。

班導師一聽，全力支持。第一次，我只不過講了幾副對子。晚自習下課的時候，還不及時下課，故意拖延幾分鐘，就等著別的同學經過門口，讓他們看見我講課的樣子。我喜歡看窗戶邊踮腳走過的其他班級同學朝我們班看的眼神。

終於有一回，我的淺薄徹底暴露。班上換了一個國文老師，是資深的紅迷，也是嚴謹的行政主管。與之前的班導師憑我胡來的寬容大度大不一樣，他用了一個詞來評價我：不知所云。這個「不知所云」和「寒塘渡鶴影，冷月葬詩魂」一樣，深深地刻在我的腦子裡。

老師貌似口誤——直到十七八年後我讀到佛洛伊德的《佛洛伊德文集：精神分析導論》，我才發現「口誤的結果本身可被看作是一種有目的的心理過程，是一種有內容和意義的陳述」。口誤從來不是簡單的口誤，它的背後有著真實的原因。我的不知所云，確實就是不知所云。

讀書來不得半點虛假，否則終有一天會把底褲都露出來。這就是我當時的感受。

三

進入大學後的讀紅經歷，則完全不同。我特別後悔中學時代讀紅的那種虛榮。這是一本青春之書，是一曲青春的讚歌，如果在最美好的青春年華裡與之相遇，將是一件多麼幸福的事情！可是我卻錯過了，是擦肩而過。

之所以這麼說，是因為大學的閱讀，有老師的指導。我上的是美術系，中文系開有四大名著的導讀課，我很好奇，就報了。但我不喜歡《西遊記》，打了一個妖怪再打下一個妖怪，打不過就請菩薩，好沒水準（直到幾年前才發現，《西遊記》其實是一部值得反覆閱讀的大書）。我朋友說，你放心大膽地去上吧，一年的課保證讓你收穫滿滿！且朋友告訴我說那個教授剛剛在未名湖畔參加國家級的紅學會議回來，此時此刻選他的課一定合適。

於是，我選了他的課。

有趣的是，說是四大名著導讀，其實講的就是一本《紅樓夢》。

《紅樓夢》中有一則寶釵的詩謎：「鏤檀鐫梓一層層，豈係良工堆砌成？雖是半天風雨過，何曾聞得梵鈴聲？」很多人說，這首詩的謎底是松球，可我總覺得前面兩句也可以用來形容《紅樓夢》這本書。這本書就像一座佛塔，你可以觸摸到塔門，但是否能進去，有時候需要機緣，有時候也需要有人引領。選修課上的教授就如一位禪門大德，啟我開悟。在第一堂課中，他說了很多，尤其是關於秦鍾和寶玉的對比，不用翻書，直接報出回目，直接說出細節，讓人心服口服。他的觀點如何，我已不記得，但他對《紅樓夢》的熟悉程度真的讓我佩服。

後來，他又給了我許多難以忘懷的啟發，比如關於死亡的主題——書中的死亡氣息、死亡內蘊，林黛玉的死、秦可卿的死……

我忽然明白，《紅樓夢》就該這樣閱讀。

這期間，除了讀原著，我也陸陸續續讀過一些紅學著作。有必要提到兩本書，它們曾一度影響了我。一本是舒蕪先生的《紅樓說夢》，岳麓書社出版的《紅樓夢》的前言就是舒蕪先生寫的，他的古典文學研究功力還是很深厚的。我讀完了他這本書就來了靈感，想以教育的眼光看待《紅樓夢》，於是便有了這部書稿。魯迅先生曾說：「《紅樓夢》是中國許多人所知道，至少，是知道這名目的書。誰是作者和續者姑且勿論，單是命意，就因讀者的眼光而有種種：經學家看見《易》，道學家看見淫，才子看見纏綿，

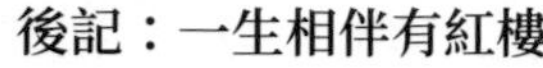

革命家看見排滿，流言家看見宮闈秘事……」「以此書作社會家庭問題劇，自然也無所不可的。」我也是老師，從教育角度談一談《紅樓夢》，是不是也是「無所不可的」？大學時候就讀舒蕪先生的《紅樓說夢》，這其中是否有一種因果關聯，草蛇灰線，伏延千里？

另一本書是馬瑞芳教授的《馬瑞芳趣話〈紅樓夢〉》，是大學畢業那一年讀的，馬教授寫得輕鬆有趣，讀了這樣的書，當我們回歸原著的時候，就會有不一樣的發現。

四

如果說上面兩本書更多的是從感性的層面啟發了我，那麼另外有些紅學著作則賦予我以理性的思維，讓我從更多的角度去看待紅樓、閱讀紅樓、思考紅樓。

不管是個人的閱讀史還是《紅樓夢》的研究史，王國維這個名字是永遠無法繞開的。他是我的偶像，是我心中神一般的人物。我經常覺得讀書寫字若有幾篇能類似王先生的風格，則不枉為讀書人了！王先生的〈《紅樓夢》評論〉，嚴格地說不能稱之為一本書，只是一篇論文而已。他寫這篇文章時才二十七歲，但他從哲學和美學的角度出發，借助叔本華、莊子、老子、佛陀的學說發現了人的悲劇性與荒誕性的本質。這樣的悲劇性有兩種：其一是「生活之本質何？欲而已矣」。人一生下來就被欲望所抓住，無可逃遁，沒有自由，注定在痛苦中掙扎。其二是他確認《紅樓夢》是徹頭徹尾的悲劇。王國維先生從叔本華的學說出發，認為悲劇有三種：第一種是「由極惡之人極其所有之能力以交構之者」；第二種是「由於盲目的運命者」；第三種是「由於人物之位置及關係而不得不然者，非必有蛇蠍之性質以意外之變故也，但由普通之人物、普通之境遇，逼之不得不如是。彼等明知其害，交施之而交受之，各加以力而各不任其咎」。這樣的悲劇是由人際關係所決定的，甚至是綁架而成的。《紅樓夢》中寶黛以及其他人的悲劇，都是這種人際關係和社會結構的反映。彷佛漢娜．鄂蘭（Hannah Arendt）所講的「平庸之惡」，沒有人是悲劇的製造者，但眾人的活動卻最終導致了悲劇的發生。

另外，王先生把《紅樓夢》和《桃花扇》做了對比（我是個昆曲迷，對《桃花扇》也是深愛已久），他在書中提到了一個根本性的判斷：「故吾國之文學中，其具厭世解脫之精神者，僅有《桃花扇》與《紅樓夢》耳。而《桃花扇》之解脫，非真解脫也……故《桃花扇》之解脫，他律的也；而《紅樓夢》之解脫，自律的也。且《桃花

扇》之作者，但借侯、李之事，以寫故國之戚，而非以描寫人生為事。故《桃花扇》，政治的也，國民的也，歷史的也；《紅樓夢》，哲學的也，宇宙的也，文學的也。此《紅樓夢》之所以大背於吾國人之精神，而其價值亦即存乎此。」

這是一個很偉大的發現。王先生把《桃花扇》拿來和《紅樓夢》進行對比，並不是說只有《桃花扇》一本書可以與之相比，而是將它作為政治國民歷史性的一個代表。《水滸傳》、《三國演義》乃至到晚清的譴責小說，都是有關政治家國和歷史境界的，或者說基本上在儒家的範圍裡繞圈圈。

這裡又不得不提及另一本給我極大觸動的書籍，李劼的《歷史文化的全息圖像：論紅樓夢》。在這本書的緒論中，作者說道：「所謂中國歷史，就其文化意味而言，可簡明扼要地劃分為《紅樓夢》之前的歷史和《紅樓夢》之後的歷史。所謂之前的歷史，是帝王將相的歷史，是《資治通鑑》的歷史，是《三國演義》的歷史；所謂之後的歷史，則是大背於吾國吾民之傳統的歷史，或者於破敗之中尋求新的生機的歷史。」也就是說，之前的歷史，其實都是男人的歷史、權力的歷史、鬥爭的歷史，或者是汙泥的歷史；之後的歷史，則是女人可以有歷史的歷史、審美的歷史和清水的歷史。所以，「不僅讓儒家文化變得陳腐，也讓司馬遷的《史記》變得可疑」。李劼的這個說法，恐怕也是源於王國維。王先生把《紅樓夢》提高到了宇宙的境界、天地的境界，從而使之有了普世的價值。

李劼僅僅將《紅樓夢》在中國文化史中進行了一個縱向的對比，便已顯示出其巨大的價值。除此之外，他還將這本書置於世界文化史中，用哲學的、審美的眼光，而不再是用政治的、歷史的眼光去衡量、去審視，這樣的結果，是愈加證明了《紅樓夢》的偉大。我想，只有用這樣的視角去審視《紅樓夢》，才是對它的尊重，也才是對它的最好解讀，尤其是「因為《存在與時間》與《紅樓夢》交會而產生的精神閃電，無疑更具革命意味」。這種革命性，自然不是社會的，而是思想的；不是物質的，而是精神的；不是生存的，而是存在的；不是倫理的，而是審美的。

《紅樓夢》是中國歷史文化的一個地標，以思想的、精神的、存在的、審美的方式閱讀它，是這部小說閱讀史上的一次歷史性轉折。於是，在回顧個人《紅樓夢》閱讀史的時候，我覺得自己也很有必要做一次自有《紅樓夢》以來的群體閱讀史。在這一點上，劉再復先生已經在他的書裡做了一個簡單的歸納。在《紅樓夢悟》的前言中，

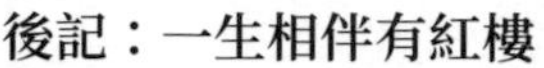

他認為，兩百多年來，《紅樓夢》的閱讀與探討有三種形態，一是《紅樓夢》論，二是《紅樓夢》辯，三是《紅樓夢》悟。這其中，王國維是第一種形態，他的《紅樓夢評論》有觀點，有邏輯與分析，也有論證，空谷足音，自創一格。最多的是第二種。辯，即辨析、注疏、考證、版本清理。這兩種形態著眼點只在《紅樓夢》是書，甚至所謂的紅學家也幾乎都是這兩種形態的閱讀者。而李劼所謂的革命性的轉折，恰恰就是拋棄了這兩種閱讀形態。當然，李劼未必同意劉再復先生的這種說法，李劼的著眼點是從世界文化的角度出發，用哲學的、審美的、思想的眼光來審視紅樓夢，於是，「解讀紅樓夢就不再是停留在所謂的紅學水準之上」。儘管如此，劉再復說的第三種形態即《紅樓夢悟》，確實有其獨到之處。他們兩位先生在很多方面的觀點是類似的，已經不再拘泥於傳統的辯論形態。

另外，李劼還提到「一者是《紅樓夢》與《山海經》的神話淵源，一者是《紅樓夢》與《金瓶梅》之間的承接性與超越性，一者是《紅樓夢》兼具〈清明上河圖〉的塵世性和〈富春山居圖〉的出世性，還有就是《紅樓夢》與文藝復興時期文學經典之間的對稱性」。

把《紅樓夢》與西方文學經典進行對比，這其中最經典的可能是劉小楓的《拯救與逍遙》。劉小楓是在書的第三章〈走出劫難的世界與返回惡的深淵〉中，將杜斯妥也夫斯基和曹雪芹進行了很好的闡釋，給我留下了深刻的印象。《拯救與逍遙》對整個中國文化的精華的批判實在過於嚴厲了一些，我至今記得有一次樂黛雲先生在接受採訪時，對劉小楓此書的第四章持反對意見，劉小楓本人也在書中提到，「樂黛雲先生仔細閱讀了第四章討論魯迅的部分，提出了許多有見地的看法，儘管她對我如此看待魯迅表示憤怒」。在第三章，劉小楓先生對比論述了曹雪芹與杜斯妥也夫斯基：「曹雪芹的『情根』、『情性』和杜斯妥也夫斯基的『愛心』都是針對世界的恐怖、顛倒、混亂和痛苦的事實提出來的。可是，在杜斯妥也夫斯基那裡，『愛』的形而上學地位是在魔鬼與上帝為爭奪人的靈魂而進行的永恆的抗爭這一背景上出現的。」「曹雪芹的『新人』有聰俊靈秀之氣，梅思金公爵是『白痴』；前者在歷史的惡中灑盡性情，後者總是準備無保留地為承負惡做出犧牲。」有趣的是，劉再復先生在《共悟紅樓》中對劉小楓先生的這篇文章有一個迴響。在與愛女劉劍梅的對談中，劉再復先生說道：「小楓以上帝的神聖價值為參照系，把莊子、慧能、曹雪芹視為異端。我把《紅樓夢》視為異端之

書，是肯定異端；小楓把曹雪芹視為異端，是否定異端。」同時，他進一步指出：「在對生命的尊重與護衛的根本點上，莊、禪、曹與基督教是相同的。」與劉小楓相反，劉再復把賈寶玉視為基督、釋迦一類，在《賈寶玉論》開篇就說：「我猜想釋迦牟尼出家前的狀況大約如賈寶玉，而賈寶玉在出家之後應是追尋釋迦牟尼，也許就是另一位釋迦牟尼。」並且借用王國維在《人間詞話》中對李煜的評價「基督、釋迦擔荷人家罪惡」來形容賈寶玉。在《紅樓夢悟》裡，劉再復將賈寶玉與《卡拉馬助夫兄弟們》(*The Brothers Karamazov*)中的阿遼沙進行了一番對比，得出他倆神形俱似的結論，說他們都善良、單純、慈悲，都像少年基督，只是「深層心靈的方向卻不同」。阿遼沙在東正教的背景下，以苦難本身拯救苦難，透過肉的受罪達到靈魂的昇華，透過肉的淨化達到神的純化，從而在受難過程中得到崇高與純潔的體驗。但賈寶玉不同，他面對的是「肉」而不「肉化」的奇特生命。也許阿遼沙更崇高，但賈寶玉則更有血肉，更富人性的光彩。就我個人而言，我是深為贊同劉先生的這一觀點的。

而李劼在《歷史文化的全息圖像：論紅樓夢》這本書中，則將目光對準了文藝復興時期的文學經典，這一點又與劉小楓有所不同。在對《紅樓夢》和《神曲》進行對比的時候，他得出了這兩部作品「結構上有著驚人的對稱性」的結論。李劼把《紅樓夢》的敘事結構定位於「靈、夢、情」三個層面。值得注意的是，劉再復先生在《共悟紅樓》中，從「欲向度」、「情向度」、「靈向度」、「空向度」四個維度定義《紅樓夢》的精神內涵結構。李劼先生的三個層面，靈，源於女媧補天的頑石；夢，源自警幻仙姑與太虛幻境；情，則源於寶黛釵三者之間的木石前盟與金玉良緣的情感糾葛。《神曲》在敘事上採用的也是三重結構方式：地獄，煉獄，天堂。劉再復也在《紅樓夢悟》中將這兩者進行了對比，不過，不同於李劼從敘事結構的角度去解讀作品，劉再復是從情慾的角度著眼的：「仔細讀《神曲》，就會發現其中的各層地獄，有許多道德專制法庭。被判為荒淫罪而入地獄的不少是多情婦女，她們有點私情便放入地火中煎烤。與但丁相比，曹雪芹對多情婦女則無條件尊重，他筆下『養小叔子』的秦可卿，不是被送入地獄，而是被送入天堂。」而與塞凡提斯的《唐吉訶德》對比時，李劼採取的就不是敘事結構的角度了，因為這兩個作品在敘事方面有著本質上的不同。在這一點上，《西遊記》倒是有著很大的可比性。唐吉訶德對杜西尼亞忠貞不渝，賈寶玉對林黛玉堅貞不二，完全等同，可謂是「難兄難弟，一對傻瓜男人」。除此之外，還可以將薛

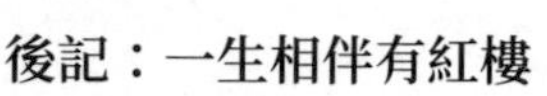

寶釵與《少年維特的煩惱》中的夏洛蒂相比較，或者將《紅樓夢》中的人物與莎士比亞筆下的形象做對比。哈姆雷特與賈寶玉就是一對彼此映襯的形象，在各自的文學星空下帶著永恆的光芒。不管是劉小楓還是劉再復、李劼，他們都在各自的著作中論及這兩個人物形象。同樣身為兒子，賈寶玉放棄了抗爭，做了一名忠誠的兒子；哈姆雷特則是一名不折不扣的逆子，無可救藥的叛逆者。但是，他們擁有同樣高貴的焦慮，如果說哈姆雷特焦慮的是生存與毀滅的二元抉擇、復仇與重整乾坤的責任擔當，那麼賈寶玉焦慮的則是個體生命為什麼會屢遭摧殘，尤其是當他面對一個個鮮活的生命從自己眼前消失的時候，這種焦慮更是在所難免。

值得提及的是，九十多年前在廈門大學為學生劇作寫小引的這位老師，名叫魯迅，這位學生名叫陳夢韶，陳夢韶後來也在廈門大學做教師，他有一位學生，名叫劉再復。一切都有因果。

這些書，誠如我當年見到的「寒塘渡鶴影，冷月葬詩魂」一樣，給了我巨大的震撼，徹底改變了我的《紅樓夢》閱讀觀。可以說，對這些書的閱讀使我擺脫了傳統意義上的紅學糾葛，從而真正走向了《紅樓夢》的深層文化意蘊。

五

二〇一四年，距離我大學畢業已經六年。那些年，我幾乎每年通讀一遍《紅樓夢》，並陸陸續續收藏了《紅樓夢》的各種版本，家裡的藏書大多與《紅樓夢》有關。晚自習依舊有，只是我由學生變成了老師。我坐在講臺上讀《紅樓夢》，忽然靈感爆發，在旁邊的筆記本上記下了十二個關於紅樓的「教育現象」。我當時非常激動，心想是不是可以沿著這個思路寫成一組文章呢？

我竊喜不已，彷彿要開啟一個新紀元。我在《紅樓夢》裡挖到了一個寶藏，那一份激動至今仍歷歷在目。

當天晚上，我就回去寫了一篇。寫完幾篇之後，發在了自己的官方帳號裡，轉貼到一些群組裡，後來被《教師博覽》的方心田老師看到，鼓勵我在雜誌上發表。

因為要寫關於教育的話題，我除了閱讀《紅樓夢》文本之外，還要閱讀許多相關的教育類書籍，如朱永新的《中國古代教育思想史》，也探究了聊齋中許多關於考試的故事，對蒲松齡本人的應試也做過一番整理。還有許多古代國文教育類的書籍，比如郭英德教授的《中國古代文學與教育之關係研究》等，也給了我很多啟發。可以說，是

寫作促進了我的閱讀，這是我始料未及的。

但是，隨著寫作的深入，我才發現，我所謂的紅樓教育其實早已不是什麼新鮮的事情。有一次偶然逛孔夫子網站，看到一本《漫話紅樓說教育》，趕緊買來，發現早在一九九四年就已經出版。好在我的寫法與這本書完全不同，儘管有不少相同的出發點，比如謎語。有一次翔宇教育集團的盧志文校長過來演講，一開始就說了一個謎語：遠看像關羽，近看是張飛。我於是想到《紅樓夢》裡不就有很多謎語、詩歌嗎？現在的國文教育是否可以利用這些素材？

石濤有一個很重要的美術觀點：借古開今。我想，我不是純粹在做清代或者古代的教育史研究，我的目的是借古開今，借紅樓的境說當下的事。

沒過多久，我又看到于洋的《人性的復歸：〈紅樓夢〉的教育世界》。這本書從《紅樓夢》出發，分析了明清社會的教育形態，從家庭教育、義塾教育、女子教育、男子社交，一直到生活器物，都做了詳細的論述，並將這些元素置於歷史的大背景之中，高屋建瓴。我想，我雖然不做學術研究，只是寫自己的所想，但劉小楓說過，「任何人都可以根據自己的喜愛去讀紅樓，走進紅樓的世界，領略其中三味，人人都不過是在以審美的感受性去領會紅樓世界對他個人的含義」。《紅樓夢》是我心目中的文學聖經，光這一點，就讓我產生了閱讀紅樓、寫作紅樓的動力。

感謝這些書，它們讓寫作走進了我的生活，不，確切地說，是走進了我的生命。如今，這些文章要結集出版了，我自然滿懷期待。這份期待來得深沉久遠。家中有一位讀過一點私塾的祖父，有一位教過國文的叔叔，敬惜字紙的耳提面命，使得我自幼就對文字有一種崇拜。面對自己的作品，彷彿圓了兒時的夢想，不由得肅然起敬。

回顧過往，都是奇妙。當所有的文字都呈現在我面前時，我心中充滿感激。感謝恩師傅國湧先生，每次與他見面，他總是要問起我寫作此書的相關情況，還把他看到的紅樓資料轉發給我，對我行文的風格提出具體的意見，讓我受益匪淺。尤其難得的是，老師為我寫了一篇序言，我才恍然回憶起和老師相處的時光，轉眼間居然已經七八年了。在和老師相處的日子裡，他縱橫古今、出入中外、點評教育界的人和事，都給了我很大啟發。見面時，他差不多都要問我在讀什麼書，做什麼事，每每讓我不敢懈怠。還要感謝《教師博覽》的編輯王凌燕老師，要不是她的善意催促，我就無法完成這些文章的寫作。感謝王小慶老師，他四處張羅，幫助我尋找出版社。我有社交恐懼症，雖然在

多個場合見過王老師，但始終不敢和他打招呼。然而他極為親切，對我言必稱「雙林兄」，實在讓我惶恐。他對我書稿的推介，讓我受寵若驚。面對眾多師長，只能時時精進，不敢懈怠。感謝相遇，與人與書；感謝時間，凡為過往，都不曾虛妄。

六

一場秋雨過後，桂子的清香更加淡遠悠長。望著書桌上的一大堆稿子，我慨然良久。這些都是我生命的證據，都曾鏤刻過我生命的印記。那些無比美好的靈魂，那些永恆靚麗的青春，那些逝去卻又永遠活在讀者心裡的生命，都曾溫暖過我，打動過我。焚稿斷痴情的黛玉，更是讓我淚溼枕巾。曾經無數個這樣的夜晚，這本經典的作品陪伴著我，讓我走過很多孤寂的日子，走過很多艱難的歲月。它是我的心靈之書。

毛姆（William Somerset Maugham）說：「閱讀是一座隨身攜帶的避難所。」我要說得更具體，《紅樓夢》就是我隨身攜帶的一座避難所，它直指我的心靈深處，根植於我靈魂的土壤。從愛上《紅樓夢》的那一刻起，我的心就不再顛沛流離，靈魂從此就有了歸屬。在任何一個時間，在任何一個地方，只要打開《紅樓夢》，書裡那群生命就會走進我的生活，貼近我的生命。這難道不是一種莫大的幸福嗎？

匡雙林

電子書購買

爽讀 APP

國家圖書館出版品預行編目資料

紅樓教育學，紈褲子弟與千金小姐的一天：學霸之爭 × 戀愛學分 × 家庭氛圍，從讀書考試到心理研究，透過經典文學看那些「病態」的教育現象！ / 匡雙林 著 . -- 第一版 . -- 臺北市：崧燁文化事業有限公司 , 2024.01
面；　公分
POD 版
ISBN 978-626-357-893-7(平裝)
1.CST: 紅學 2.CST: 教育
857.49　　112021002

紅樓教育學，紈褲子弟與千金小姐的一天：學霸之爭 × 戀愛學分 × 家庭氛圍，從讀書考試到心理研究，透過經典文學看那些「病態」的教育現象！

臉書

作　　者：匡雙林
發 行 人：黃振庭
出 版 者：崧燁文化事業有限公司
發 行 者：崧燁文化事業有限公司
E-mail：sonbookservice@gmail.com
粉 絲 頁：https://www.facebook.com/sonbookss/
網　　址：https://sonbook.net/
地　　址：台北市中正區重慶南路一段六十一號八樓 815 室
Rm. 815, 8F., No.61, Sec. 1, Chongqing S. Rd., Zhongzheng Dist., Taipei City 100, Taiwan
電話：(02) 2370-3310　　傳真：(02) 2388-1990
印　　刷：京峯數位服務有限公司
律師顧問：廣華律師事務所 張珮琦律師

定　　價：350 元
發行日期：2024 年 01 月第一版
◎本書以 POD 印製
Design Assets from Freepik.com